Sonhos e Relacionamentos

Descubra como usar os sonhos para melhorar suas relações pessoais

Sonhos e Relacionamentos

Descubra como usar os sonhos para melhorar suas relações pessoais

PUBLIFOLHA

Assistência editorial: Fernanda Diamant
Produção gráfica: Soraia Pauli Scarpa
Assistência de produção gráfica: Guilherme Macabelli

Produção editorial: Estúdio Sabiá
Edição: Silvana Salerno
Tradução: Carlos Szlak
Preparação: Paola Morsello
Revisão: Cecília Madarás, Aiko Nishijima, Viviane Campos
Editoração eletrônica: Crayon P&PG

Dados Internacionais de Catalogação na Publicação (CIP)
(Câmara Brasileira do Livro, SP, Brasil)

Heyneman, Nicholas
Sonhos e Relacionamentos – Descubra como melhorar suas relações pessoais a partir dos sonhos / Nicholas Heyneman ; tradução Carlos Szlak. – São Paulo : Publifolha, 2004.

Título original: How dreams can enrich your relationships
ISBN 85-7402-565-8

1. Relações interpessoais 2. Sonhos 3. Sonhos – Interpretação
I. Título

04-3182 CDD-158.2

Índices para catálogo sistemático:
1. Sonhos e relações interpessoais : Psicologia aplicada 158.2

PUBLIFOLHA
Divisão de Publicações do Grupo Folha

Al. Barão de Limeira, 401, 6º andar, CEP 01202-001, São Paulo, SP
tel.: (11) 3224-2186/2187/2197
site: www.publifolha.com.br

Este livro foi impresso em junho de 2004 na Lis Gráfica, sobre papel offset 90g/m² com fotolitos fornecidos pela Publifolha.

Aos meus pais, por acertarem.

SUMÁRIO

Introdução

Sonhos e Relacionamentos – Descubra como usar os sonhos para melhorar suas relações pessoais apresenta uma nova abordagem para um aspecto da nossa vida que é fundamental para a realização pessoal. Essa abordagem aventura-se além dos métodos convencionais, que consideram as relações humanas a partir da consciência da vigília, para descobrir, por meio dos sonhos, nosso lado emocional, intuitivo e primordial, regido pelo inconsciente.

Este livro aborda todos os tipos de relacionamentos – com namorados, familiares, amigos, colegas e mesmo inimigos – e mostra como os sonhos podem servir de guia para desenvolver as relações amorosas, e como, ao ser analisado, um sonho que parecia inexplicável ganha sentido.

Mediante exercícios e exemplos, abordaremos também maneiras muito originais para se comunicar com o companheiro. Investigaremos o sentido dos sonhos sexuais e apresentaremos modos lúdicos e eficazes para reacender a intimidade. Há também um capítulo destinado aos "sonhos virtuais", cujo objetivo é resolver conflitos e promover a cura. Você poderá consultar o livro só ou com o(a) parceiro(a): juntos, poderão até se conhecer melhor.

Desejo sinceramente que este livro o ajude a descobrir qual é a maior satisfação emocional de cada relacionamento e a revelar como são fundamentais para a felicidade e o crescimento emocional das pessoas à sua volta.

Nicholas Heyneman

A luz dos sonhos

Os sonhos podem ser uma fonte maravilhosa de autoconhecimento e percepção pessoal. No entanto, os sonhos de relacionamento têm luz própria. Ao apresentar uma visão clara da essência de uma relação, revelam nossos sentimentos verdadeiros, esperanças e desejos, sem a censura habitual da consciência. Além disso, permitem enxergar os outros como realmente são, e não como desejaríamos que fossem. É por isso que os sonhos nos ajudam a agir melhor com o companheiro, os amigos e familiares e a enfrentar e superar as dificuldades de qualquer relação, pois eliminam os ressentimentos e facilitam a comunicação.

Embora tudo isso pareça estranho, essa magia funciona e de forma simples. Durante a vigília, os sonhos muitas vezes parecem misteriosos; no entanto, isso só ocorre porque sua lógica é muito diferente da do pensamento consciente. Neste capítulo, vamos aprender a interpretar a linguagem dos sonhos e a usá-los para fortalecer todos os relacionamentos.

Introdução ao mundo dos sonhos

Ao longo dos séculos, filósofos e cientistas debateram sobre a natureza dos sonhos. Por que vivemos esses misteriosos dramas noturnos, e que segredos eles guardam? Será que os sonhos representam fielmente nossa vida durante a vigília ou são apenas o ruído de fundo da mente adormecida? Como em todos os debates, há posições extremas. Certos cientistas afirmam que os sonhos são apenas o resultado da atividade elétrica aleatória do cérebro durante o estágio profundo do sono, e qualquer significado que possamos atribuir-lhes será mera coincidência. No entanto, muitos filósofos e alguns cientistas acreditam que os sonhos podem ser fonte de verdades profundas, profecias e até de poderes sobrenaturais. Conseqüentemente, a maior parte dos psicólogos oscila entre esses dois pólos, sugerindo que os sonhos são incapazes de ampliar as faculdades humanas naturais, embora possam esclarecer aspectos importantes dos nossos sentimentos íntimos. Mas como aprender a enxergar por esse prisma?

Embora também sonhemos em outras fases do sono, os sonhos mais vívidos acontecem em um estado de consciência conhecido como Movimento Rápido dos Olhos (MRO), assim chamado porque os olhos, nesse estado, mexem-se de um lado para outro sob as pálpebras. No sono MRO, o cérebro pulsa de um modo particular. Embora todos os *bits* estejam tão ativos quanto no estado de vigília, eles possuem uma característica singular que faz suas partes mais primitivas (que controlam nossas funções básicas, como respiração e emoções) dançarem em ritmo perfeito com o recém-evoluído córtex cerebral (a "massa cinzenta", que processa as informações de modo inteligente). Assim, a lógica diurna é reprimida, sendo substituída pela "não-

lógica", que faz as pessoas ganharem asas e voar, os objetos inanimados andar e falar, os amigos, familiares e companheiros aparecerem e desaparecerem em corpos que não são seus. Essa *lógica onírica* encontra-se tão à vontade durante o sono quanto a racionalidade durante a vigília e cada qual se torna sem sentido no contexto da outra.

É por isso que não devemos considerar tão literalmente as imagens que surgem diante dos olhos nos sonhos. Em vez disso, devemos nos concentrar mais em como nos *sentimos* em relação ao que vemos. Provavelmente, as emoções oníricas estão mais sintonizadas com a realidade das emoções durante a vigília do que muitos aspectos visuais dos sonhos. Para trazer coerência ao discurso onírico, temos de procurar todos os epicentros emocionais e transpor suas imagens, em busca de um lugar onde nosso coração reconheça estar a verdade. Depois, poderemos passar para o próximo estágio da interpretação: a análise dos símbolos e eventos como manifestações da mente inconsciente.

Os sonhos femininos e masculinos

Não obstante o progresso que homens e mulheres têm alcançado no exercício das mesmas profissões e no desempenho dos mesmos papéis dentro da família, há diferenças fundamentais entre os sexos. Apesar de buscarmos a igualdade em vários aspectos da vida, o sucesso dos relacionamentos, principalmente entre homens e mulheres, depende de nossa compreensão e valorização das diferenças. Em algum ponto do caminho, a fusão de papéis de homens e mulheres em nossa sociedade se confundiu com a mistura das características sexuais. Essa androginia psicológica resultou em confusão: o homem e a mulher talvez cheguem à mesma conclusão sobre um determinado assunto, mas os processos de pensamento e o modo como nos comunicamos diferem conforme o sexo. Se os sonhos podem nos ajudar a melhorar os relacionamentos, é útil entender as diferenças específicas entre homens e mulheres, pois isso nos permite interpretar a linguagem do inconsciente com mais eficácia.

Estudos provaram que os homens tendem a falar e escutar a linguagem do *status* e da posição, enquanto as mulheres tendem a se comunicar com mais intimidade e oferecer amparo mútuo. Dessa maneira, dizer a um homem o que ele tem de fazer, ainda que com boas intenções, é muitas vezes interpretado como uma ofensa. De modo semelhante, uma mulher pode se dirigir a um homem para discutir um problema, esperando que ele seja solidário e compreensivo, mas ele provavelmente interpretará essa abertura como um pedido de solução e, em vez de solidariedade, oferecerá um conselho prático. Nenhum dos dois métodos está incorreto: trata-se apenas de perspectivas distintas.

Tenha sempre em mente que homens e mulheres *são* muito diferentes, e isso deve ser respeitado e apreciado. Procure se conter sempre que reagir segundo seu sexo. Considere o *animus* e a *anima* – dois arquétipos oníricos (consultar p. 16-18), que representam o masculino e o feminino. O *animus* (a faceta masculina) está dentro da consciência feminina; a *anima* (a faceta feminina) está dentro da consciência masculina; cada qual nos motiva a sentir empatia por alguém do sexo oposto.

Se você considera difícil sentir empatia desse modo, procure auxílio nos sonhos. Antes de dormir, visualize sua *anima* ou *animus* de algum modo que lhe agrade: pode ser, por exemplo, o centro azulado de uma flor amarela. Imagine a *anima* (ou *animus*) crescendo, até representar metade da imagem que você vê (o centro azulado compõe metade da flor). Procure manter essa imagem na mente até pegar no sono.

A linguagem do inconsciente

As emoções formam o núcleo do sonho, enquanto os símbolos lhe acrescentam substância. Os símbolos oníricos são a única linguagem da mente inconsciente e que difere muito da maneira pela qual as imagens são conscientemente evocadas pela mente em vigília, sob o olhar atento da razão. O pioneiro da psicanálise, Sigmund Freud (1856-1939), comparou a mente humana a um *iceberg* flutuando no oceano: a projeção relativamente pequena acima da linha de água representa a realidade da vigília (consciência), enquanto o corpo massivo do *iceberg* situado abaixo da superfície é o misterioso e complexo inconsciente. Antes de começar a utilizar os sonhos para melhorar os relacionamentos, é necessário entender o que pode haver sob a superfície do oceano da consciência, e como essa compreensão é capaz de ajudar. O contemporâneo de Freud (e rival) Carl Jung (1875-1961) dividiu essa vasta extensão do inconsciente em dois componentes: o *inconsciente pessoal* e o *inconsciente coletivo.*

Jung acreditava que o inconsciente coletivo abrigava as experiências emocionais, intelectuais e espirituais de todos os seres humanos que viveram antes de nós. É a parte da mente que é comum a todos, constituída de instintos, medos, desejos, mitos e símbolos — tecidos na estrutura da mente ancestral comum. Ele julgava que o inconsciente coletivo amplia o alcance da consciência e nos conecta uns aos outros no nível mais profundo.

Jung deu o nome de *arquétipos* aos símbolos carregados de significado universal que residem no inconsciente coletivo. Entre os exemplos, incluem-se o *animus* e a *anima* (consultar p. 15), e os elementos de nós mesmos que revelam

Como escutar a voz interior

Será que os sonhos sempre produzem *insights* profundos sobre nós mesmos? Será que todo fragmento de sonho trazido à luz reflete algum aspecto da vida consciente digno de atenção?

Muitos analistas acreditam que, enquanto muitos sonhos são significativos e esclarecedores, outros, no entanto, têm pouco significado. Existe a tendência a superinterpretar os sonhos, tentando encontrar significado em cada aspecto misterioso ou intrigante. Será que certos sonhos não poderiam ser aceitos apenas como um passatempo bizarro?

Além disso, se alguns são significativos e outros não, como perceber a diferença? A resposta reside nos sentimentos corporificados no sonho. Se for emocionalmente superficial, as imagens complexas, o simbolismo vívido e a trama intrincada terão pouco significado. Podem muitas vezes ser considerados "estáticos" e ser descartados. É uma maneira de a mente decodificar o dia e poder relaxar enquanto dorme.

Um sonho que inclui uma mensagem significativa do inconsciente (por exemplo, que expressa uma tensão não percebida numa relação) sempre provocará uma emoção especial, e terá um astral diferente ou um colorido emocional, mesmo se as imagens forem vagas ou confusas. Os sonhos nascidos das preocupações mais íntimas sempre chamam a atenção — são reconhecíveis depois que acontecem. A seguir, apresentamos uma lista de características associadas àqueles que exigem atenção especial.

- *Todo sonho que envolve emoções poderosas.*
- *Todo sonho que parece único ou fora do comum.*
- *Os sentimentos oníricos que se prolongam pelo dia.*
- *As impressões ou imagens oníricas que não saem da mente.*
- *Os sonhos que incluem símbolos arquetípicos.*
- *Um sonho ou uma emoção onírica recorrente.*
- *Um tema recorrente independentemente da imagem e do simbolismo.*

características do sexo oposto. A Sombra é a face obscura do ego, que preferimos manter oculta; a Persona, a máscara que exibimos para o mundo exterior. Há outros principais arquétipos, como a Criança Divina (pureza, inocência), o Velho Sábio (sabedoria, conhecimento), o Herói (crescimento interior), o Malandro (um personagem complexo, que combina maldade com o poder corretivo do instinto) e a Grande Mãe (fertilidade, alimento e proteção). Freqüentemente, os arquétipos manifestam-se disfarçados: a Persona pode aparecer como um vagabundo ou um espantalho; o Velho Sábio como um ex-professor, e assim por diante.

Embora esses sejam os arquétipos de Jung, é possível ampliar a lista dos símbolos universais e incluir imagens que evocam associações em todos nós. Por exemplo, o fogo e a serpente possuem conotações universais: o fogo é a paixão, o calor, a sobrevivência, mas com potencial para destruir ou ferir; enquanto a serpente sugere o veneno, a perda da inocência (a tentação bíblica) e, segundo a visão freudiana, o pênis. Imagens de queda, vôo, roupas e nudez também apresentam significado universal.

O inconsciente pessoal é o grande reservatório de emoções, conhecimentos, atitudes e crenças acumulados por meio da experiência pessoal. Embora os fatores genéticos possam desempenhar um certo papel, o inconsciente pessoal é basicamente formado por uma vida de interações: a essência de todas experiências passadas é destilada e assimilada na mente inconsciente, que consolida e molda o que chamamos de personalidade.

Em última análise, o simbolismo nos sonhos é algo essencialmente pessoal. Ao deparar com a inexplicável aparência de algo ou alguém, devemos julgar seus possíveis significados segundo nossa própria experiência.

EXERCÍCIO 1

Como interpretar os sonhos

A interpretação é muito mais arte que ciência. Há diversas abordagens, todas com seus méritos, mas nenhuma perfeita: a decisão final sobre o significado do sonho deve ser do sonhador, à luz de sua vida e das circunstâncias. Você achará o método a seguir útil — melhor ainda se praticado com um parceiro.

1. Visualize seu sonho. Tente recapturar o máximo de imagens. O que você sente? Lembre-se de que as emoções são o aspecto mais importante. Se o sonho foi longo e complexo, divida-o em partes menores. Isso permitirá um exame mais acurado de suas emoções e simbolismo.

2. Usando o coração em vez da cabeça, selecione o aspecto principal, isto é, o símbolo que se destaca dos demais.

3. Relate em detalhes o sonho ao seu companheiro, como se tivesse acabado de conhecê-lo e ele não soubesse nada sobre as imagens e emoções que você descreve. Isso permitirá que você se concentre em cada detalhe.

4. Depois de relatar o sonho, volte ao aspecto principal. Que associações esse símbolo lhe provoca?

5. Comece a delinear uma possível interpretação considerando a combinação particular entre emoção e simbolismo. Não se preocupe se não conseguir retratar uma lógica contínua; talvez alguma lacuna seja preenchida num sonho posterior.

Como lembrar os sonhos em companhia de outra pessoa

Muitas vezes os sonhos parecem ilusórios, instigando dramas que rapidamente se desvanecem depois que a mente desperta do sono. Não que os sonhos sejam voláteis: a capacidade de lembrarmos deles é que é pouco desenvolvida. No Ocidente, tendemos a não nos lembrar dos sonhos, pois nossa cultura não dá muito valor a isso. Em outras partes do mundo, no entanto, os sonhos são considerados fonte de sabedoria. Nos lugares em que se atribui importância aos sonhos, quase todos se lembram deles. Em muitas tribos indígenas norte-americanas, os caçadores os usavam para guiá-los ao melhor local de caça. Hoje em dia, membros de tribos do Gabão, na África central, julgam a culpa ou inocência de alguém acusado de um crime de acordo com as revelações oníricas dos mais velhos. As pessoas com tal responsabilidade obtiveram seu aguçado poder a partir da recordação dos sonhos.

A mensagem subjacente, portanto, é que, se você considerar que a análise dos sonhos é merecedora de seu tempo e esforço, também começará a desenvolver a capacidade de lembrar deles com mais clareza – principalmente se alguém de sua confiança puder ajudar. Assim como o exercício físico, recordar um sonho é mais fácil e agradável com a ajuda de outra pessoa. Ao pensar em desistir, ela estimula você a continuar; ao ficar complacente, ela exige de você mais empenho. O estímulo, o entusiasmo e o interesse suscitados por um parceiro aumentam a capacidade de dominar a análise do sonho. Lembrá-lo na companhia de alguém facilita a sua recordação.

A estimulação: o desafio da recordação

Constatou-se por meio de testes que certos estímulos provocam sonhos específicos. Levando em conta esse princípio, você pode testar o poder do seu companheiro de recordar um sonho por meio de uma experiência lúdica. Faça-o deitar na cama como se fosse dormir, e feche seus olhos. Depois que ele se sentir confortável e relaxado, aplique um dos estímulos a seguir para provocar seus sonhos.

- *Um leve borrifo de água sobre a pele para incitar sonhos molhados, como se ele estivesse nadando ou tomando chuva.*
- *Uma leve carícia no dedo do pé, pescoço ou abdome do sonhador com as pontas dos dedos ou uma pena, induzindo sonhos sensuais ou mesmo eróticos.*
- *Um aroma ou cheiro de um certo perfume ou loção, soprado sob o nariz do sonhador, para provocar sonhos que suscitem a lembrança de um fato ou pessoa associada ao aroma.*

Pela manhã, depois de acordarem, faça seu companheiro lembrar os sonhos da noite, voltando a aplicar os mesmos estímulos.
Ao fazer isso, a memória de um sonho poderá voltar, permitindo que seu companheiro faça um relato completo e vívido. Você pode ajudá-lo nesse processo de recordação murmurando palavras associadas ao estímulo particular do sonho, como se o reaplicasse. Como ponto de partida, utilize as palavras a seguir, acrescentando outras que você imagina possam ajudar seu companheiro a lembrar.

- *Se o seu estímulo foi a água, repita essas palavras com afagos: gota, lambida, borrifo.*
- *Se você decidiu acariciar seu companheiro, pronuncie essas palavras: carícia, maciez, abraço, paixão, amor, ternura.*
- *Se o estímulo foi um aroma, repita palavras ligadas ao cheiro: seu próprio nome se foi seu perfume ou loção; o nome do lugar que o aroma recorda; e assim por diante.*

Algumas vezes a consciência parece bloquear a transferência das imagens oníricas para a vigília. Isso significa que o mecanismo mental de defesa foi ativado para impedir que os sonhos revelem ou provoquem sentimentos dolorosos, especialmente aqueles que reprimimos no estado de vigília. Ao acordar, concentre-se em sintonizar seu inconsciente e anote as imagens fugazes. É claro que ajuda manter um bloquinho e uma caneta na mesa-de-cabeceira.

A primeira coisa a ser feita ao acordar é esse registro, pois mesmo o terapeuta de sonhos mais aplicado esquecerá seus sonhos ao longo de um dia atarefado. Você pode pôr o despertador para tocar cinco minutos mais cedo e, com o companheiro, usar esse tempo para conversar sobre os sonhos um do outro, fixando as imagens oníricas enquanto frescas. Se, em certa manhã, você achar que se lembrou particularmente bem dos sonhos, procure analisar o motivo.

Talvez você, involuntariamente, tenha criado um ambiente mais propício para a recordação, por exemplo, ao mudar a temperatura do quarto ou ao variar sua rotina noturna.

Lembrar um sonho não é como lembrar um acontecimento real. Em vez de intensificar o poder da razão, o segredo é afrouxar esse poder, e deixar os detalhes afluírem à superfície da mente, sem censurar aspecto algum que considere incômodo.

Se você gostar de lembrar os sonhos, seu poder de recordação, como qualquer outra arte, melhorará aos poucos com a prática. Tente reconstruir um momento da lembrança, procurando todos os dias recuperar alguns detalhes a mais sobre o sonho da noite anterior, e você começará a perceber progressos. Uma boa noite de sono é preferível, pois a lembrança do sonho parece mais difícil quando estamos cansados.

EXERCÍCIO 2

Como lançar luzes sobre a lembrança

Não há nada propriamente difícil em aprender a lembrar os sonhos: temos simplesmente de abrir a mente para a importância dos sonhos e dar "permissão" para que eles venham à superfície. Isso exige que suspendamos o poder controlador da razão. Além disso, a lembrança dos sonhos é mais eficaz se feita com seu companheiro.

1. Sente-se com seu parceiro e converse sobre o desejo de lembrar os sonhos. Discuta o que isso significa para cada um de vocês e o que ambos esperam disso.

2. Elabore uma frase simples para estimular sonhos vívidos. Por exemplo: "Estamos abertos aos nossos sonhos". O modo de se expressar não é importante; encontre uma frase com a qual ambos se sintam confortáveis. Ao deitar, sussurre essa frase enquanto adormece.

3. Na manhã seguinte, ao acordar, permaneça deitado, mantendo-se num estado meio desperto, meio sonolento, e deixe a sua mente vagar. Fique atento a todas as imagens, impressões ou sentimentos que vierem até você. Mantenha um diário de sonhos e registre essas impressões assim que estiver completamente desperto.

4. Discuta os sonhos com seu companheiro logo ao acordar; o ideal é quando ambos forem capazes de prestar total atenção à conversa. Torne suas descrições tão vívidas quanto possível, recuperando-lhes o espírito, as imagens e a narrativa. Formule diversas questões abertas para estimular novos pensamentos, proporcionando muito estímulo um ao outro.

As emoções do sono

A vida onírica é um mundo à parte que contém emoções fortes: cruas, indisfarçáveis e livres dos grilhões da repressão inconsciente e da necessidade de sujeição às leis sociais da realidade consciente. O significado básico de um sonho está em como ele é sentido: as emoções se aglutinam para formar a verdadeira essência do sonho. Elas são muitas vezes um guia muito mais confiável para se alcançar o significado do sonho que as imagens, que, normalmente, tendem a prender a atenção.

Enquanto as emoções durante a vigília podem, às vezes, ser enganosas, os sonhos são a expressão confiável e verdadeira do espectro completo dos sentimentos intrínsecos aos relacionamentos – quer emoções positivas, como alegria e entusiasmo, quer emoções mais sombrias, como tristeza, raiva e frustração. Por sua vez, os sonhos nos ajudam a chegar a um acordo com as emoções da vigília: orientam-nos para lidar com a culpa paralisante ou nos ensinam como dar vida nova a um relacionamento desgastado.

Neste capítulo, aprenderemos a reconhecer e utilizar as emoções oníricas, e o que elas significam no contexto dos nossos relacionamentos passados e presentes.

Vulcões e tremores lunares

Os sonhos explodem por meio das emoções. Alguns sufocam com a força violenta de uma erupção vulcânica, enquanto outros dão uma leve cutucada, um pequeno tremor lunar. A consciência se protege, durante a vigília, dos ataques emocionais muito intensos, pois erguemos automaticamente barreiras psicológicas que admitem apenas as emoções controláveis. As emoções oníricas não possuem essas barreiras de defesa. São honestas, diretas e revelam sentimentos que, durante a vida desperta, ficam enterrados sob as atividades cotidianas ou são mal interpretados quando submetidos à análise racional. A natureza prolongada das emoções oníricas (por exemplo, a sensação de tristeza onírica que sentimos durante o estado de vigília matutina) é prova suficiente de que devemos levá-las em consideração.

Desenhe um círculo numa grande folha de papel e escreva na parte interna todas as palavras possíveis para descrever as emoções oníricas de que você se recorda. Agrupe as emoções similares como ciúme, inveja e ressentimento, ou êxtase, alegria e euforia. Utilize um dicionário de sinônimos, que lhe dará uma lista de palavras com significados próximos. No lado externo do círculo, anote as cores que, além de combinar com as emoções descritas, ajustam-se às imagens oníricas que tendem com regularidade a estar repletas desses sentimentos. O círculo emocional dos sonhos possui duas finalidades. Você pode usá-lo para elaborar um mapa do conteúdo emocional de sua vida onírica, adicionando imagens e narrativas em torno da circunferência externa à medida que ocorrem em seus sonhos; e também pode usá-lo como guia de consulta rápida, para encontrar as palavras que o ajudem a identificar uma emoção em particular.

É importante achar as palavras certas para descrever as emoções. Isso permitirá que você comunique os sonhos com exatidão ao seu companheiro ou amigo, ou faça anotações precisas no seu diário. Lembre-se, no entanto, de que às vezes terá de se afastar do vocabulário convencional em relação ao espectro emocional. Por exemplo, não há substantivo ou adjetivo para nomear a sensação de vazio ou o sentimento de que algo importante lhe foi tirado. Assim, expresse seus sentimentos por meio de desenhos. Se o sonho apresentar imagens comparáveis (uma caixa vazia, um arrombamento), todo trabalho anterior feito para traduzir suas emoções em termos visuais poderá ajudá-lo consideravelmente no processo de interpretação. Ao começar a investigar as emoções dos sonhos, uma maior amplitude e profundidade emocional emergirá na sua vida onírica.

Como superar as barreiras

O psicólogo Erik Erikson descreveu a intimidade como a descoberta ou a perda de si mesmo no outro. Na maioria dos relacionamentos bem-sucedidos, descobrimos coisas novas e maravilhosas sobre nós mesmos. A versão completa de quem somos se liberta, enquanto, ao mesmo tempo, ficamos mais ricos pela intimidade com a outra pessoa, que nos dá constantemente novas perspectivas de vida. Esse objetivo enganosamente simples pode parecer muito evasivo. Uma experiência comum que pode nos impedir de alcançar o graal de Erikson envolve a sensação de que o relacionamento está se tornando claustrofóbico – como se as barreiras da intimidade estivessem desabando e nos impedindo de progredir livremente como pessoa.

A maioria dos adolescentes passa pela fase de se sentir aprisionada pela família, incapaz de chegar à realização pessoal. A independência parece comprometida pelos pais e, às vezes, também pelos irmãos com quem dividem a casa. Muitos deles, ao atingir a idade adulta, estimam tanto a sua individualidade que têm dificuldade de se adaptar a uma relação madura.

Nos sonhos, essas emoções muitas vezes se apresentam nas ciladas e prisões: você está cercado por barreiras ou submerso e incapaz de voltar à tona. Pode até acontecer que veja sua própria identidade fundida na do seu parceiro: quando se olha no espelho, o seu rosto é o dele, e não o seu. Ao despertar de tal sonho, pode se sentir tenso e com falta de ar, como se estivesse sufocando, porque o inconsciente está pedindo para você levar em consideração as emoções e ocupar-se delas, o que deverá ser feito se deseja tornar o seu relacionamento mais saudável.

A claustrofobia no relacionamento é, freqüentemente, mais imaginária do que real, sendo possível superá-la por meio de uma simples mudança de perspectiva. Pense em seu companheiro como um libertador: que liberdade ou privilégio ele ofereceu a você? Traduza essa dádiva em termos visuais, retida na memória, ou imaginária (visões de horizontes distantes, nuvens num céu infinito, duas aves voando sobre um grande lago etc.). Conserve essas imagens em sua mente antes de deitar, na expectativa de que contrabalancem seus sonhos associados a ciladas e prisões. Examine os sonhos também em busca de sinais sobre todos os assuntos não resolvidos. Converse sobre a sua vida onírica com o parceiro e utilize as técnicas de diálogo (consultar p. 76-79) para tentar identificar e resolver todos os problemas arraigados.

As necessidades emocionais

A necessidade que temos do outro faz parte da condição humana. A maioria sente-se dependente de outras pessoas para o sustento emocional: desejamos a cordialidade, a proximidade, o entendimento e a companhia que somente outra pessoa pode nos proporcionar. Se não estivermos vivendo um relacionamento significativo, as energias, conscientemente ou não, irão se concentra em sua busca. Mesmo se estivermos envolvidos com alguém ou tivermos uma grande quantidade de amigos, a instabilidade da confiança e da sensação de segurança podem provocar uma forte necessidade emocional.

Na vida desperta, as necessidades, mesmo quando fortes, nem sempre são reconhecidas: podem ficar obscurecidas pelas defesas psicológicas. Podemos experienciar uma sensação vaga de descontentamento ou de vazio, mas nada mais concreto. Esses sentimentos devem ser considerados como sugestões para que escutemos as mensagens da vida onírica, capazes de esclarecer os anseios interiores e transformar inquietudes genéricas em um conjunto de necessidade emocionais mais específicas.

Os sonhos funcionam em termos de imagens positivas ou negativas: a única maneira de distinguir umas das outras é prestar atenção nas emoções suscitadas. Por exemplo, um sonho erótico cheio de desejo pode indicar a necessidade de uma vida sexual mais satisfatória; já um sonho erótico associado a uma leve sensação de náusea pode sugerir que o parceiro está exigindo demais de você, ou que o sexo parece errado porque há alguma dificuldade que precisa ser tratada. Ao nos harmonizarmos com o espírito e os sentimen-

As vozes do passado

Algumas vezes, as emoções de um sonho são evidentes, mas sua origem permanece oculta porque muitas vezes os sonhos são anacrônicos. Assim, aqueles que envolvem a sensação de estar morrendo de amor podem não estar diretamente relacionados ao companheiro, mas representam uma regressão à falta de amor num relacionamento anterior ou até na infância. No entanto, por mais amor que o companheiro atual nos dê, nunca será suficiente para saciar a sede histórica.

Se as emoções, como a sensação de vazio, estiverem enraizadas no passado, os sonhos serão sugestivos. Se o seu companheiro aparecer usando roupas incomuns, elas podem pertencer a um parente ou a um ex-namorado... Coisas antiquadas, como motores a vapor ou música de uma outra época, também o ajudam a identificar um sonho de "transferência". Além disso, você pode achar que suas imagens oníricas parecem maiores que a vida, como se vistas da perspectiva de uma criança.

tos dos sonhos, podemos articular as emoções da vigília de forma mais construtiva, para benefício nosso, do companheiro e do relacionamento.

É um erro considerar as necessidades emocionais similares às necessidades físicas básicas como calor, alimento e sono: não se pode esperar que elas sejam satisfeitas tão prontamente. Você deve aceitar que, se o companheiro não atende às suas necessidades, é preciso uma mudança de atitude no relacionamento, mas isso demandará tempo e paciência de cada um. Utilize as imagens dos sonhos para esclarecer a carência que você sente, e pratique alguns dos exercícios deste livro para buscar com paciência a solução do problema. Preste atenção e anote toda imagem ou emoção positiva que os sonhos oferecerem nesse período. Trabalhem os sonhos em conjunto, para melhorar a empatia e satisfação mútuas.

Pânico e serenidade

Mesmo entre pessoas emocionalmente flexíveis, soa às vezes um alarme de pânico, que registra sentimentos de medo, perda, confusão, desamparo e outros estados negativos. Nos relacionamentos, tendemos a entrar em pânico quando receamos perder algo valioso para nós. Podemos sentir isso depois de uma discussão séria ou quando o companheiro descreve com entusiasmo alguém que começamos a considerar um possível rival. No entanto, algumas vezes entramos em pânico apenas nos sonhos, pois, durante a vigília, ainda não percebemos o risco real de perda associado a certas tendências presentes no relacionamento.

Suponha que, certa noite, você sonhe que foi aprisionado num calabouço sem comida nem água, e que, na semana seguinte, sonhe que voa num avião de dois lugares como navegador e, subitamente, descobre que o assento do piloto está vazio. Cada um dos sonhos está repleto de sentimentos de pânico. Sua voz interior está dizendo que chegou o momento de analisar a situação, reconstruindo a ponte de comunicação que deixou ficar em mau estado. Você pode descobrir que o pânico se refere a uma situação profissional, uma amizade ou uma questão familiar, e não ao relacionamento com o companheiro. Por que não começar com a relação e fazer um esforço consciente para abrir um diálogo imaginativo e criativo com seu parceiro? Descreva o sonho e descubra os *insights* que ele oferece. Essa análise poderá levá-lo para o interior (relacionamento) ou para o exterior (local de trabalho, uma amizade ou situação familiar). Porém, qualquer que seja a causa básica relativa aos sonhos de pânico, o diálogo será sempre construtivo.

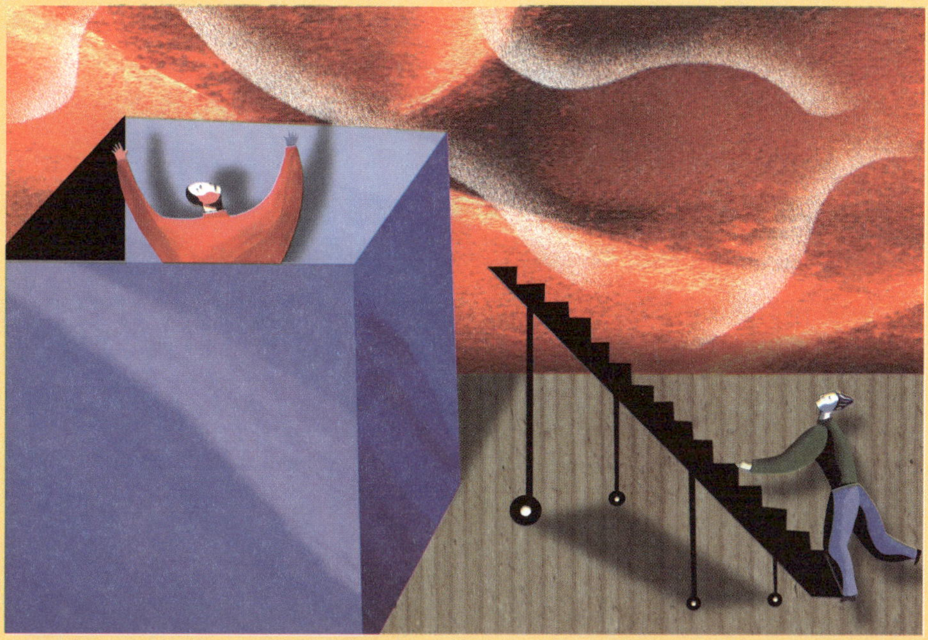

As imagens de serenidade podem ser usadas intencionalmente para eliminar o pânico. Se esses sonhos retratam uma queda livre, você poderá resolver passar férias no campo com seu companheiro, um antídoto imaginativo, que talvez entre em cena nos seus sonhos. Outra abordagem seria neutralizar a imagem de pânico com a criação de sentimentos positivos em torno das mesmas circunstâncias – por exemplo, andar em um teleférico ou fazer um passeio de helicóptero. Você terá de tratar as emoções que originam o pânico em primeiro lugar, mas no final seus sonhos podem se tornar menos aflitivos.

Se, certa noite, você tiver um sonho tranqüilo, quebrando uma série de sonhos de pânico, agarre-se a ele como sinal de esperança. Provavelmente, suas ansiedades são passageiras. Ao analisá-las com seu companheiro, será possível alcançar a tranqüilidade prometida pela visão animadora.

Alegria e tristeza

A alegria e a tristeza – pólos opostos de um espectro emocional – manifestam-se em abundância nos sonhos. Algumas vezes, refletem os eventos ocorridos na vida cotidiana – por exemplo, um sonho de alegria pode representar uma promoção (nossa ou do companheiro), ou um sonho de tristeza pode simbolizar a perda de um objeto querido, como um anel de noivado. Outras vezes, os sonhos de alegria e tristeza acontecem pela necessidade de liberar sentimentos reprimidos do passado.

Entre esses dois extremos, há muitos tons de sentimentos menos dramáticos e não-perceptíveis de modo desagradável que nem sempre os notamos em nossos sonhos. Por exemplo, o sonho de uma tranqüila paisagem natural reflete, provavelmente, uma satisfação serena com a vida da vigília e não um vazio emocional (a não ser que o espírito do sonho sugira outra coisa). Aprenda com os sonhos a expressar esses estados intermediários ao seu companheiro – talvez por meio de uma imagem concebida pelo sonho. Adquira o hábito de descrever como se sente, mesmo que isso envolva detalhar uma nuança que você nunca expôs anteriormente.

Ao interpretar o espírito do sonho, devemos sempre ter cuidado para não entender mal uma certa melancolia, que não é tristeza no sentido usual, mas sim um pesar pelo término dos prodígios do mundo dos sonhos, que nos deixa, mais uma vez, às voltas com a realidade mundana. A melancolia cerca muitos dos mistérios do ato de sonhar exatamente porque são mistérios. Se acordamos com um sentimento de frustração, pode ser simplesmente a parte de nós que deseja permanecer no mundo dos sonhos – ou, de modo mais terreno, que quer voltar a dormir em vez de enfrentar os desafios do cotidiano.

A surpresa dos opostos

Geralmente, achamos fácil relacionar as emoções oníricas de alegria e tristeza com as circunstâncias da vida desperta. Mas, há vezes em que o espírito do sonho é inesperado: euforia em um momento de dificuldade emocional ou de melancolia quando, em vigília, estamos contentes.

Às vezes, sonhos felizes num momento de tristeza durante a vigília são vistos como compensatórios — tentativa do inconsciente de nos dar força diante da adversidade. Mas talvez a melhor maneira de interpretar tais surpresas seja considerá-las fios da trama da nossa história pessoal: sobras de sentimentos dos tempos em que a paisagem emocional era muito diferente. Se o fio for alegre, devemos considerá-lo um sinal de esperança. No entanto, por maior que sejam as dificuldades, não há motivo para que não possamos recuperar essa felicidade no futuro.

Considere a tristeza nos sonhos como algo que evita ficarmos tristes no estado de vigília; ao acordar, talvez sintamos que já nos entristecemos durante a noite, quando estávamos livres de uma abordagem mais construtiva em relação às nossas dificuldades. Julgue isso suficiente para sentir que concedemos expressão adequada ao nosso desalento. Se os problemas se originam de um relacionamento, é melhor enfrentá-los sem medo, tentando resolver o assunto de modo construtivo e cooperativo com o companheiro, do que se concentrar em emoções negativas.

A alegria nos sonhos é uma grande bênção que espelha uma felicidade autêntica ou meramente nos lembra da possibilidade de felicidade. Comente com seu companheiro sobre esses sentimentos.

Perdida na neve

Estudo de caso

Fatos inesperados podem às vezes esclarecer o significado de um sonho recente. Nesse estudo de caso, um objeto que passou despercebido por muitos anos se tornou uma lembrança decisiva relativa às advertências emocionais do sonho da noite anterior.

Paulo nunca dera muita atenção aos seus sonhos, até que, depois de 17 anos de casamento, ele e sua esposa, Cristina, começaram a se afastar. Os problemas da relação se desenvolveram de modo tão gradativo que não foram percebidos. Não havia disputas reais: aparentemente, o casal ainda parecia se dar bem, mesmo quando enfrentava pequenas crises. No entanto, a paixão, que outrora mantivera o relacionamento animado, estava se apagando lentamente. A intimidade e o sexo tornaram-se quase inexistentes. Quando Paulo foi promovido no trabalho, ele celebrou o acontecimento com os amigos. Cristina só soube da promoção duas semanas depois.

Ela começou a sentir um vazio cada vez maior. Era como se ela e o marido não fossem mais os amigos e amantes que tinham sido, mas simplesmente dois estranhos dividindo o mesmo teto. Ela tentou discutir seus sentimentos com Paulo e os pais dela, mas sempre foi repelida. Ninguém entendia seu crescente descontentamento, pois, exteriormente, o casamento parecia sólido. De sua parte, Paulo achava que Cristina estava reagindo com exagero. Ele se recusou a levá-la a sério, ainda mais quando ela perguntou se ele estava tendo um caso. Por não ter a quem se dirigir, sentiu como se seu espírito estivesse sendo lentamente drenado.

Então, Paulo teve um sonho muito importante. Ele viu Cristina saindo de casa para ir passear nas montanhas em pleno inverno. Embora achasse curioso que ela saísse sozinha e em condições tão adversas, ele não se preocupou. Passaram-se semanas ou talvez meses, e nada de ela voltar para casa. Paulo comentou o fato com a família dela, que também mostrou despreocupação. Ele pensou em ir procurar a esposa, mas estava muito ocupado, e rejeitou a idéia de que ela poderia estar em perigo. Então, Paulo teve um sonho dentro do sonho: ele viu a mulher de bruços, imóvel e silenciosa, o rosto achatado contra a neve, azulado por causa do frio. Ele sabia que se não a acudisse imediatamente, Cristina morreria. Paulo acordou em pânico.

Ele não entendeu o sonho de imediato. No entanto, seus sentimentos voltaram com impetuosidade depois de avistar um suvenir adquirido nas férias que eles haviam passado em Paris. Isso o deixou profundamente nostálgico e, subitamente, o significado do sonho se revelou. Dominado pela intensidade dos seus sentimentos, Paulo relatou o sonho a Cristina, assim como seu *insight*. Em conseqüência, o casal decidiu participar de sessões de aconselhamento para ajudá-los a reconstruir sua relação amorosa.

Os espelhos da culpa

A culpa é a emoção mais incompreendida. Algumas vezes, é uma sugestão útil da consciência dizendo-nos que nossos pensamentos ou ações estão errados – e nos trarão problemas. Outras vezes, no entanto, origina-se de pressões externas e não internas, como um amigo que tenta repetidas vezes persuadir você a fazer algo contra sua vontade.

Considere três exemplos. André sentia-se mal, pois sabia, em seu coração, que dedicava mais atenção à carreira do que à família. Paula sentia-se incomodada, pois era 15 anos mais velha que o novo namorado, e sabia que as pessoas faziam comentários sobre o casal. Marcos estava angustiado, pois seus pais queriam que ele emprestasse dinheiro para o irmão em dificuldades, ainda que eles raramente se vissem. Esses são três tipos diferentes de culpa: a interior (consciência), a programática (condicionamento social) e a relacional (chantagem emocional).

Todos os três tipos de culpa aparecem em sonhos, em diferentes manifestações, mas cada uma apresenta um espírito inconfundível. André sonhou que a esposa e os filhos foram atacados por um intruso, enquanto ele observava, impotente, através de uma janela espelhada impenetrável. Paula sonhou que estava nua em uma fila de pessoas bem vestidas, no saguão de uma sala de concertos. Marcos sonhou que seu cachorro de estimação da infância ficara preso numa armadilha.

Esses exemplos caracterizam as diversas categorias dos sonhos de culpa. Os sonhos de culpa interior e relacional tendem a enfocar a pessoa (ou parentes) que acreditamos, em nossos corações, estar prejudicando de algum modo – que não precisa, naturalmente, ser outra pessoa, visto que, nesse momento, talvez

acreditemos com facilidade e de forma profunda que estamos prejudicando a nós mesmos. Os sonhos de culpa programática tendem a enfocar a nós mesmos e, muitas vezes, exibem um elemento de vergonha (culpa tornada pública).

Embora os sonhos de culpa possam ser úteis ao nos dizer quando precisamos corrigir um erro, as formas externas de culpa podem ser perigosas, pois são capazes de nos dar indicações errôneas. Às vezes, a pressão da opinião de outras pessoas é tão forte que a vontade interior de defender a consciência pessoal e intuitiva desmorona sob esse peso. Em particular, os sonhos relativos à vergonha da própria nudez tendem a indicar influências que talvez devamos fortalecer em nós para resistir – embora, ao mesmo tempo, nos perguntemos se a linha independente que adotamos vale o preço social que teremos de pagar.

Paixão e amor

A paixão arde no coração da libido, que, segundo Freud, é a fonte de toda energia humana. A libido inflama e inspira, e tanto consome quanto rejuvenesce. É a alma da arte e o fogo do amor. É a paixão que dá profundidade e intensidade a uma relação, e aparece nos sonhos sob muitas formas.

Ao pensar a respeito da paixão, os sonhos eróticos naturalmente vêm à mente. Muitos desses sonhos são lúdicos e excitantes, e podem despertar a sensualidade da vigília, mas outros podem deixar o sonhador confuso, embaraçado, ou até envergonhado. Raramente os sonhos eróticos exprimem o que as imagens inicialmente parecem retratar, devendo, assim, ser sempre interpretados com cuidado (consultar p. 58-61).

Freqüentemente, a paixão está no auge pouco antes de atingir o seu objetivo, pois assim que a pessoa que amamos passa a corresponder com igual ardor, não é incomum que a paixão diminua. Esse paradoxo emocional pode se refletir nos sonhos quando, por exemplo, a relação íntima com o namorado revela um estranho desinteresse – falta a centelha vital da paixão.

Muitas vezes, os sonhos captam o vocabulário romântico das flores, aromas, tecidos luxuriosos, roupas de cama sensuais, iluminação de pouca intensidade e assim por diante. Nos sonhos de paixão, o toque tem um papel importante. Geralmente, esses sonhos rascunham as mais profundas e expressivas histórias da cultura ocidental, como Romeu e Julieta e Tristão e Isolda.

Se sonhamos com sexo e morte em estreita proximidade, é possível uma influência do mito e da literatura (e, atualmente, dos filmes), em-

bora seja necessário perguntar, em primeiro lugar, por que esse tema se tornou popular. A resposta talvez seja que a paixão, como a morte, envolve entrega, rendição. Os sonhos a respeito de morte não devem ser considerados como mórbidos, mas sim como reflexo de sentimentos intensos.

Uma questão muito comum é: "Será que os sonhos nos dizem quando estamos apaixonados?". Um sinal positivo é sonhar com o ser amado como uma figura idealizada ou inacessível – uma estátua, um rei ou rainha, um anjo ou outro ser celestial. No entanto, o amor, enquanto estado perturbador, também é capaz de provocar pesadelos, principalmente quando associados ao medo da perda. Mas os sentimentos da pessoa apaixonada são, às vezes, recompensados com sonhos esplendidamente transcendentais, que, na vigília, mesmo que apenas por um momento, nos fazem sentir que vislumbramos o reino dos céus.

As ondas emocionais

Em tempos difíceis, os sonhos nos ajudam a lidar com emoções intensas e nos dotam de força e autoconfiança para enfrentar a crise até seu desfecho. É claro que os sonhos também espelham o nosso turbulento estado mental, produzindo imagens e estados de espírito negativos. Por exemplo, se estamos com ciúmes, talvez imaginemos vividamente atos arrebatados de traição. No entanto, há diversas abordagens possíveis que, combinadas a um programa consciente de visualização e análise de sonhos, nos permitirão reunir os recursos internos para superar a tempestade emocional.

Ao sermos atingidos por ondas emocionais, tendemos a praticar um ato de rendição emocional, as ondas assumem o controle e os sentimentos se amplifiquem. O problema aí reside no fato de que ficamos muito absorvidos pelas emoções. Elas não são nosso eu integral, mas apenas parte dele e, por mais que ondas emocionais se manifestem com grande ímpeto, seja na vida desperta ou nos sonhos, elas podem ser domadas por um ato intencional de controle.

O primeiro passo é elaborar frases com esse propósito, especialmente pouco antes de dormir, como: "Meu eu verdadeiro é indestrutível e ilimitado" ou "Eu encontro força e harmonia nas minhas emoções". Medite sobre uma imagem do eu antes de dormir, talvez um pássaro, uma árvore ou algum outro símbolo natural. Lembre-se também de que os sonhos, por mais que reflitam com exatidão as preocupações, trazem apenas mensagens para a realidade da vigília e não experiências reais. Se comunicam emoções profundas e perturbadoras, não considere isso como um atestado de que a batalha pela paz foi perdida. Ao contrário, você tem em mãos um mapa valioso das linhas inimigas – agora vá em frente para fazer o melhor uso possível disso.

EXERCÍCIO 3

Como convocar um herói onírico

Um roteiro poderoso *é um conjunto de imagens que imaginamos intencionalmente para nos transformar em seres de grande força e energia, capazes de superar ou deter os obstáculos mais temíveis. Esse é um modo de obter domínio sobre os sonhos e controlar alguns de seus aspectos mais perturbadores, para que venham a se manifestar na vida cotidiana.*

1. Escolha uma imagem de invencibilidade. Imagine-se vestido com uma armadura impenetrável ou envolto numa capa de "super-herói", que lhe dá um poder extraordinário. Ou então imagine que seu parceiro ou melhor amigo usa esse artifício mágico, e está perto para protegê-lo, ou um estranho equipado de modo semelhante – um nobre cavaleiro da imaginação.

2. Antes de dormir, visualize seu protetor (ou você mesmo) magicamente equipado. Sinta a aura protetora irradiando dele (ou de você), envolvendo-o numa profunda sensação de segurança. Essa imagem vai patrulhar seus sonhos, protegendo seu eu verdadeiro de qualquer força destrutiva desencadeada por emoções negativas.

3. De manhã, ao acordar, pense sobre os sonhos que você teve durante a noite. Mesmo que a sua imagem não tenha se apresentado, ela estava lá em segundo plano, impedindo que as emoções oníricas se infiltrassem na consciência da vigília. Todos os sentimentos que se apresentaram nos sonhos estavam ali com um propósito educativo, e seu protetor assegurou que eles fossem neutralizados, não afetando a mente desperta.

O caminho onírico do amor

Em todas as fases de um relacionamento, da nervosa troca inicial de olhares passando pelo mágico primeiro beijo e o alegre começo até o amor que une (e pode vencer as intempéries da vida), os sonhos amparam e guiam cada passo nosso no caminho do amor.

Conforme a relação progride, os sonhos tornam-se particularmente vívidos quando as questões de amor, compatibilidade, independência e compromisso adquirem importância especial, ou quando enfrentamos dilemas sobre como proceder. Ao nos sintonizarmos com a vida onírica, temos *insights* sobre se estamos ou não no caminho certo. Além disso, com o crescimento da intimidade, aprendemos como amar e ser amados, nos entregar ao outro e obter harmonia e satisfação mútuas.

Neste capítulo, acompanharemos o desenvolvimento dos estágios do amor, do prelúdio ao compromisso a longo prazo. Aprenderemos como os sonhos elucidam os sentimentos e aguçam a intuição, possibilitando relacionamentos mais saudáveis, e como eles ajudam na comunicação com o companheiro.

O coração aberto

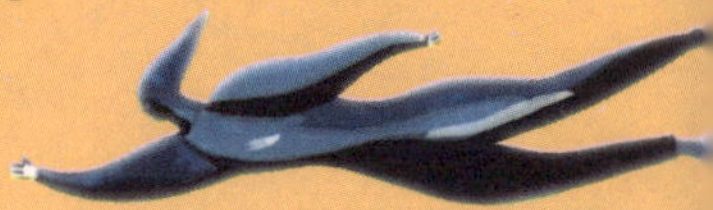

Muitos de nós, quando atingimos a maturidade sexual, buscamos um companheiro, o que absorve muita energia e ocupa a mente, quer consciente quer inconscientemente. É um instinto natural, que garante a sobrevivência da espécie; no entanto, também reflete o desejo profundo de nos sentirmos completos encontrando a pessoa certa com quem partilhar a vida.

Algumas pessoas talvez sintam que a chave para a completude seja permanecerem solteiros. Mas se existe a necessidade profunda do relacionamento, os sonhos não se deixam enganar por racionalizações ou outras defesas psicológicas – afinal, essa necessidade está em contato direto com o inconsciente. Se os sonhos apresentam paisagens estéreis ou pessoas buscando o auxílio de outras, indicam, provavelmente, uma ânsia insatisfeita pela ligação amorosa. Para sua surpresa, as pessoas que estão sozinhas por opção também constatam, na vida onírica, sentimentos de solidão ou isolamento.

Se você estiver à procura de um parceiro, considere os sonhos como aliados nessa busca – isso ajuda. Formule questões antes de pegar no sono na forma de situações imaginárias. Por exemplo, visualize você e seu companheiro visitando os pais dele; isso estimulará sonhos que revelarão suas ansiedades sobre ficar enredado na vida de outra pessoa. Ou um sonho poderá expor algum detalhe que, posteriormente, esclarecerá uma coincidência relativa a alguém que você conheceu. Não hesite em levar adiante tais coincidências se o seu coração disser que são sinais positivos. Se encorajarem você a explorar suas opções com mais firmeza, tais indicadores podem ser uma das dádivas mais valiosas do ato de sonhar.

EXERCÍCIO 4

As cores do amor

O exercício a seguir traduz em cores as sutilezas das necessidades psicológicas e oferece-lhe indicações mais claras em suas indagações sobre o companheiro certo, assim como sugestões para incitar revelações oníricas. As cores e seus significados são os seguintes: azul é criativo, emocional, cerebral e distante; vermelho é apaixonado, ardente, impulsivo e imprevisível; verde é lógico, compulsivo e ciumento; ouro é sábio, determinado e intransigente; laranja é cálido, corajoso e evasivo; violeta é intuitivo, espiritual e sonhador; marrom é terreno, prático e melancólico; preto é misterioso, poderoso e encantador; branco é virtuoso, etéreo e inconstante.

1. Escolha três cores que caracterizam a sua personalidade, segundo os atributos de cada cor mencionados acima. Depois, com base na paleta escolhida, considere que cores o complementariam melhor e supririam as qualidades que faltam em você – essas cores representam o seu parceiro ideal.

2. Misture as cores do seu possível companheiro nos sonhos. Todas as noites, antes de adormecer, defina a cena, visualizando o cenário, os personagens e os objetos que deseja aparecer. Se, por exemplo, estiver procurando alguém representado pela cor azul, imagine símbolos relativos ao céu ou à água; se você, no entanto, preferir uma pessoa com características associadas à cor verde, imagine paisagens ou jardins viçosos, e assim por diante.

3. Na vida desperta, preste atenção nas cores escolhidas em possíveis parceiros. Com a prática, você logo ficará automaticamente versado naqueles que complementam as suas próprias cores.

Um encontro de almas

Você nunca quis saber por que se sente atraído por alguém que acabou de conhecer, cujo encanto parece ir além do físico? Ou por que certas amizades raras parecem tão naturais, confortáveis e inevitáveis? Desde a Antigüidade, muitas pessoas têm buscado a totalidade do amor que integra corpo e alma. Ao conhecer alguém que já parece ser nosso amigo, com quem a comunicação é quase como autocomunhão, é provável que tenhamos encontrado a alma gêmea – alguém cujo espírito dá a impressão perfeita de nos completar.

Muitos analistas de sonhos acreditam no conceito de vidas passadas. Eles sustentam que nós, inconscientemente, nos cercamos de amigos, namorados e mesmo inimigos que desempenharam papel importante numa encarnação anterior. Se esse conceito nos parece aceitável, depende de nossas crenças religiosas e filosóficas, mas a idéia de que as almas estejam entrelaçadas pela eternidade desfruta de longa tradição no misticismo tanto oriental quanto ocidental.

Mesmo quando sentimos que ainda não encontramos a alma gêmea na vida desperta, podemos encontrá-la no mundo dos sonhos. Quando isso acontecer, seu sonho será muito especial: parecerá único, como se fosse o vislumbre de outra época, talvez dotado de uma qualidade quase profética, ou talvez ressoando como um eco do passado.

Se você tiver sorte o bastante de ter uma alma gêmea como companheiro, os sonhos o ajudarão a entender e celebrar a ligação singular do seu relacionamento. Seria um tremendo desperdício não analisar os diálogos dos sonhos (consultar pp. 76-79) e não tentar compartilhá-los (consultar pp. 88-89).

Ao juntar as peças de seus sonhos com as de seu companheiro, como um jogo de quebra-cabeça, e permutar cenas, cenários e personagens, você poderá descobrir uma combinação que crie um foco penetrante, pleno de significado para os dois.

Pode ser intrigante tentar usar a vida onírica da alma gêmea como um oráculo para iluminar seus próprios problemas fora da relação – em situações de trabalho, de dificuldades com pais ou irmãos, e assim por diante. A teoria por trás dessa idéia é que a alma gêmea, embora em profunda empatia com as questões pessoais, ainda está, ao mesmo tempo, suficientemente distanciada delas, sendo capaz de gerar mensagens esclarecedoras para você – afinal, ao ler um livro ou jornal, é melhor segurar as páginas alguns centímetros diante de você, do que ter o nariz esfregado contra o papel. Estimule sua alma gêmea a sonhar sobre seus problemas por meio da livre associação de idéias, antes de dormir (consultar pp. 78-79) – de manhã, vocês poderão comparar os resultados.

Agonia e êxtase

Estudo de caso

Júlio e Clara tinham um relacionamento muitíssimo volátil — mas eram almas gêmeas. Esse estudo de caso mostra que quando encontramos a alma gêmea, podemos usar a profunda ligação mútua para voltar a pôr o relacionamento nos eixos.

Júlio e Clara jamais conseguiam apenas conversar. Sempre havia muita emoção quando interagiam, tanto alegria como raiva. Toda conversa virava um confronto, como se cada um lutasse para dominar o outro. E depois de cada batalha feroz, havia uma reconciliação igualmente intensa, quando então a intimidade e os sentimentos de união não conheciam limites. De fato, a única área intocada durante as brigas era a vida sexual – de longe, a melhor que cada um já desfrutara na vida.

Sabendo que o casamento naufragava, e cansados de brigas, Júlio e Clara decidiram enfrentar os problemas e procuraram pôr o relacionamento nos eixos, mas queriam arrumá-lo sem perder a paixão existente na cama.

O casal tinha ouvido falar que a análise dos sonhos poderia ajudar a esclarecer se a relação tipo amor e ódio da vida desperta se estendia ao inconsciente – será que eles eram profundamente incompatíveis? Passaram a fazer, em separado, um diário de sonhos. Previsivelmente, cada um registrou uma gama de sonhos extremamente vívidos: turbulentos, emocionalmente denunciadores e, muitas vezes, eróticos. Perplexo, o casal achou que estava sonhando em paralelo. A freqüência, a intensidade e o conteúdo emocional e temático dos sonhos estavam todos muito correlacionados. As semelhanças eram muitas. Não podiam ser meras coincidências. Ficou óbvio que o casal estava ligado de modo profundo.

Eles queriam descobrir se poderiam usar essa ligação profunda em seu proveito. Júlio e Clara começaram, então, a fazer um diário de sonhos comum, em que cada um examinava os sonhos do outro. Quando reunidos, os sonhos de Júlio e Clara revelaram uma luta contínua por controle.

Para tentar quebrar esse padrão, o casal, todas as noites, decidiu repetir algumas frases assertivas para estimular sonhos de cooperação e não de agressão. Segurando as mãos antes de ir dormir, falavam um ao outro de pombas da paz, águas tranqüilas e brisas suaves e refrescantes. Gradualmente, seus sonhos evoluíram de imagens amargas de luta e conquista para imagens de conciliação e harmonia, com símbolos de amparo mútuo. Por exemplo, Clara sonhou que o casal estava em um barco, e ambos remavam num movimento perfeitamente sincronizado, fazendo a proa sulcar com delicadeza a água.

Conforme os sonhos de Júlio e Clara ficaram menos agressivos, o mesmo aconteceu na vida desperta. O casal aprendeu a apaziguar a competitividade e amparar um ao outro. Além disso, descobriu que ainda sentia a intensa paixão física que sempre existira, mas agora ela apoiava-se no amor e respeito profundos.

A atração que desabrocha

Ao nos sentirmos atraídos por alguém, a vida parece subitamente vibrante de possibilidades. A imaginação começa a trabalhar loucamente, e descobrimos diversos significados em sinais triviais. Começamos a devanear e, ao mesmo tempo, formulamos planos complicados para criar situações que nos favorecerão. À noite, a mente se entrega a sonhos freqüentemente coloridos, sensuais, repletos de movimento frenético, com preferência por símbolos primitivos como fogo, vulcões e ventos furiosos.

Assim que decidir ir atrás do objeto de desejo, deixe que os sonhos o guiem. Lembre-se de que o planejamento intencional sozinho não lhe trará o que você procura, pois a atração envolve uma química misteriosa, enraizada no inconsciente. Evite interpretar os sonhos de modo muito literal; procure principalmente pistas sobre a natureza de sua atração, as qualidades de seu possível companheiro. Por exemplo, seu sonho mostra a pessoa rastejando num campo e todos os pássaros da área revoando em torno da sua cabeça. Como sempre, a interpretação dependerá do que já sabe. Você sente que a imagem onírica é coerente com os sinais de amabilidade da pessoa objeto do seu desejo – os pássaros estão confiantes e sabem que serão alimentados. Na vida desperta, a imagem torna você mais atento a esse aspecto do caráter da pessoa, e isso fortalece a sua convicção de que está no caminho certo. No entanto, se sentir que os pássaros denotam certo mistério, talvez seja relevante o fato de eles estarem ocultando o caráter do seu possível companheiro, sugerindo a necessidade de um conhecimento adicional antes de um maior envolvimento.

O amor secreto

Às vezes, sentimos atração por uma pessoa que sabemos nunca nos trará felicidade. Pode ser que ela esteja comprometida em um relacionamento a longo prazo, ou que a pessoa não sinta nada por nós – e sabemos disso por palavras ou gestos concretos, ou por instinto. Pode ser que haja algum outro obstáculo: diferenças de classe social, grande diferença de idade, ou tratar-se de ligação profissional que a intimidade poderá prejudicar. Se mantivermos a atração secreta, sua natureza clandestina alimentará os desejos e fantasias, principalmente na vida onírica. De modo alternativo, podemos tentar esquecer a atração, mas, ao fazê-lo, os sonhos insistirão em nos trazer lembranças torturantes.

A questão a respeito do que fazer em relação a uma atração impossível pode ser tratada sem rodeios. Talvez pareça uma opção difícil, mas não é, principalmente se o objeto da atração estiver comprometido numa relação, então devemos simplesmente nos afastar. Em grande parte depende de quão livres estamos (e quanta dor isso causaria aos outros) para seguir nossos instintos. A mensagem dos sonhos pode não levar muito em consideração a realidade social – por exemplo, se você tem família, sonhos apaixonados sobre o vizinho devem ser considerados uma advertência e não um estímulo. Lembre-se de que casos extraconjugais raramente dão certo para as partes envolvidas. No entanto, se tanto você quanto seu parceiro imaginário estiverem livres, sua paixão onírica poderá motivá-lo a superar inibições e experimentar uma aventura.

Se você decidir não agir, como os sonhos poderão ajudá-lo a exorcizar uma atração? Um método consiste em desarmar os sonhos, de modo que eles não sussurrem mais estímulos em sua mente adormecida. Antes de dormir, procure meditar sobre modelos abstratos ou objetos não-específicos pelos quais você nutre sentimentos intensos (por exemplo, visualize a Terra como uma pedra preciosa suspensa no espaço).

Os primeiros dias

Apaixonar-se é uma experiência cativante, somos arrebatados por um torvelinho de excitação, nervosismo e desejo. No entanto, a base de qualquer relacionamento bem-sucedido é a compatibilidade. Nas primeiras semanas e meses, ainda não temos certeza se as sementes da harmonia estão criando raízes. Podemos ocultar algumas características nossas, de maneira a não revelarmos as diferenças tão abertamente e a não parecer que queremos demais de modo tão rápido. A força do desejo, em combinação com o elemento de dissimulação, tornam nossos sonhos especialmente vívidos e profundos nesse período.

Estimulados pelo desejo sexual e pela necessidades emocionais, os sonhos de um relacionamento florescente tendem a estar muitos passos à frente da realidade. Devemos resistir à tentação de acompanhar seu ritmo febril. Caso contrário, atropelaremos as fases vitais do conhecimento mútuo e nos arriscaremos a erguer um edifício de estrutura frágil. É melhor aproveitar as sugestões suscitadas pelos cenários, narrativas e simbolismo dos sonhos, e refletir reservadamente sobre essas sugestões, do que interpretar literalmente sua urgência. Por exemplo, sonhar em tirar férias juntos não significa que seja o momento certo para propor isso.

Os sonhos serão incapazes de fornecer respostas seguras à questão da compatibilidade, mas quase certamente revelarão as principais questões sobre as quais você precisará refletir. Quaisquer conflitos em um sonho associado ao objeto de desejo o alertarão sobre a perspectiva de felicidade mútua. No entanto, tal tensão talvez reflita uma ansiedade perfeitamente natural e normal – o sentimento de que você

causou uma má impressão, fez uma tolice ou está preocupado com algum encontro futuro em circunstâncias estressantes. Na interpretação dos sonhos, lembre-se de que, através das lentes de aumento de um relacionamento em desenvolvimento, pequenas ansiedades podem assumir proporções gigantescas. Por exemplo, se você aluga um carro por um dia, muita coisa pode dar errada; mas se planeja usar o carro em determinada data, a possibilidade de algo saia errado invade a sua mente.

O único jeito de saber se sonhos de ansiedade refletem questões básicas do relacionamento ou inseguranças triviais é sujeitá-los à análise rigorosa, num espírito de auto-inquirição. No seu inconsciente mais profundo você identificará os possíveis obstáculos dessa nova aventura; assim, utilize os símbolos e eventos dos sonhos para estimular questões sobre o tipo de futuro que esse relacionamento lhe reserva.

Nos primeiros dias de uma relação, pode ser difícil expressar como nos sentimos. Por meio de ações e gestos, tentamos mostrar ao companheiro quanto gostamos dele, mas, freqüentemente, refreamos uma declaração de amor. Isso acontece, em parte, porque não queremos espantar o companheiro, e também porque talvez não acreditamos plenamente na permanência dos sentimentos. Ao contar os sonhos ao parceiro, podemos transmitir as emoções por meios indiretos, exatamente como os sonhos fazem. Pense a respeito de uma revelação onírica como flores presenteadas – únicas, belas, pessoais, delicadas e, sobretudo, preciosas por seu fugaz esvaecimento.

A beleza da imagem onírica é que sua eloqüência é praticamente infinita. Há muitas maneiras de expressar a paixão ou a ternura em palavras sem recorrer à linguagem poética, que pode parecer artificial – mesmo se não resvalamos diretamente no lugar-comum. Ao partilhar os sonhos, compensamos a pobreza da comunicação verbal e retemos as nuanças sutis do significado que as palavras tendem a falsificar. Na vida onírica, todos somos artistas criativos e oferecemos obras de arte exclusivas como sinais e expressão dos nossos mais profundos sentimentos. Podemos até começar a acreditar que nos conhecemos melhor e nos tornamos mais próximos por causa da conversa onírica do que pela conversa da vigília.

Descrever os sonhos ao parceiro também é um modo de preparar o terreno para o primeiro encontro físico, um passo muito importante em toda relação. Isso favorece a intimidade e suaviza o impacto do enlace sexual, pondo o encontro físico na atmosfera de um tipo de comunhão mais tranqüila, mais contemplativa. Se o relacionamento destina-se a florescer, provavelmente os sonhos que você terá logo após o primeiro encontro romântico manterão o excitamento eufórico da sensualidade.

EXERCÍCIO 5

O tesouro do eu

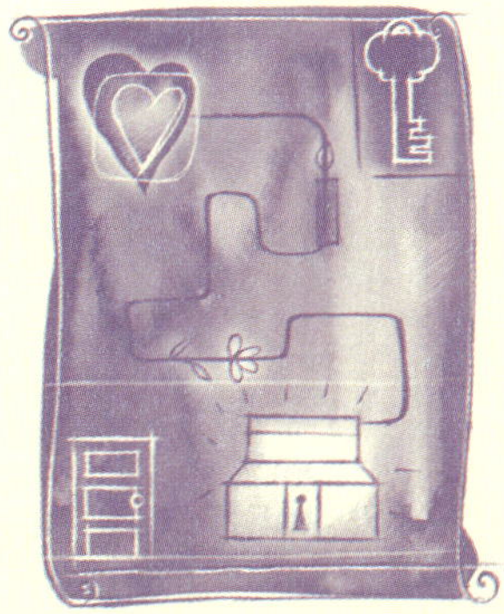

Nos primeiros dias de um relacionamento, muitos de nós somos tomados por crises de dúvida. Se a ligação em desenvolvimento começa a vacilar, tendemos a nos culpar por um erro que acreditamos ter cometido. O exercício a seguir foi idealizado para preservar a auto-estima, a fim de manter o relacionamento no seu curso.

1. Antes de pegar no sono, imagine um porta-jóias. Está sob a sua guarda, mas pertence ao seu companheiro, o maior admirador do tesouro ali guardado. Sem nunca ter dito isso, ele valoriza esse tesouro mais do que qualquer outra coisa e sob nenhuma circunstância suportaria a idéia de se separar dele.

2. Visualize o tesouro: uma pérola, um rubi, uma moeda de ouro e um anel. Identifique cada um com as seguintes características em você mesmo: a pérola é a dificuldade que tem de satisfazer o seu companheiro (os catadores de pérolas correm grande perigo ao vasculhar o fundo do mar em busca do seu butim). O rubi, uma imagem da paixão ardente, espelha a profundidade dos seus sentimentos. A moeda de ouro representa a disposição de dividir o que você tem: a sua riqueza interior e os seus bens materiais. E o anel simboliza o seu compromisso com o relacionamento.

3. Essa visualização fortalecerá inconscientemente a sua auto-estima e a crença de que você tem muito a oferecer no relacionamento. No sono, esse senso do próprio valor passará para o inconsciente e talvez venha à tona em sonhos positivos, proporcionando, ao seu eu da vigília nova força e confiança.

Os sonhos eróticos

Nos sonhos, a sexualidade transborda. Pesquisas recentes avaliam que quase três quartos de nós já tiveram um sonho erótico pelo menos uma vez. Muitas pessoas os têm regularmente. Eles são universais e acontecem por toda a vida. Por que o sexo se destaca tanto nos sonhos? A explicação é que a *libido*, termo freudiano usado para descrever o impulso sexual, abrange muito mais do que o desejo puramente carnal. Ela representa energia, vitalidade e espírito; é o poder que impulsiona grande parte dos nossos instintos, incluindo o sexual e o de sobrevivência. E tamanha energia encontra-se vívida e prolificamente representada nos sonhos.

Os sonhos eróticos são os mais mal-compreendidos de todos: por um lado, porque são muito denunciadores; por outro, porque tendemos a interpretá-los de modo literal – imagens estranhas, que consideraríamos corriqueiras em qualquer outro sonho, podem parecer ameaçadoras no contexto sexual. Por exemplo, sonhamos que estamos fazendo amor com a mulher de nosso melhor amigo e, compreensivelmente, isso gera um sentimento de culpa. De manhã, talvez nos sintamos quase tão mal quanto se tivéssemos realmente praticado essa traição. No entanto, a imagem sexual, exatamente como imagens de qualquer outro tipo, é freqüentemente simbólica. O sonho com sexo fora da relação não deve ser considerado um desejo de ter um caso extraconjugal.

Embora os sonhos eróticos tenham muitas explicações possíveis, eles não precisam ser uma fonte de culpa, embaraço ou medo. Ao contrário, são um modo saudável de liberar energia sexual, proporcionando uma descarga segura quando essa energia não está sendo adequadamente expressa.

Símbolos freudianos

Quando um sonho é considerado erótico? Segundo Sigmund Freud (1856-1939), um sonho não precisa conter atividade sexual alguma, ou mesmo cena de nudez para ser considerado erótico. De fato, os sonhos cujas imagens são abertamente sexuais são bem menos comuns do que aqueles em que esse conteúdo fica disfarçado. Por exemplo, sonhos com maçãs ou pêssegos seria que essas frutas representam seios, enquanto o ato de subir uma escada sugeriria a relação sexual, e um avião aludiria ao órgão genital masculino.

Embora Freud tenha sido criticado e muitos psicanalistas posteriores não concordassem com suas teorias, o assunto se mantém controverso. Mas ainda temos uma grande dívida com o pai da psicanálise por todo o seu trabalho a respeito dos sonhos e pelos insights *sobre o inconsciente proporcionados por suas descobertas. Freud continua, portanto, tendo influência profunda na psicologia atual.*

Os sonhos sexuais costumam ser o barômetro da qualidade de um relacionamento em um determinado momento. Por exemplo, quando sentimos que não estamos recebendo suficiente apoio emocional, os sonhos sexuais podem carecer de afeto ou afeição: efetuamos os movimentos relativos ao ato sexual, mas não sentimos nada. No entanto, se forem as necessidades sexuais e não as emocionais que não estão sendo satisfeitas, podemos ter sonhos intensamente eróticos, com sensações vívidas e imagens excitantes. Os sonhos podem ficar particularmente eróticos quando tentamos encontrar um jeito sensível de pedir ao companheiro para experimentar algo novo na cama.

Quase sempre, no entanto, os sonhos sexuais são simplesmente para serem desfrutados. Qualquer estímulo excitante ao qual ficamos expostos durante o dia pode desencadeá-los, e eles podem ser aventurosos e instigar experiências para melhorar a vida sexual. Ao conversar com o parceiro sobre os seus sonhos eróticos, você poderá descobrir que está criando involuntariamente as condições certas para estimular a paixão, principalmente se o cenário for romântico. Nos primeiros estágios do relacionamento físico, partilhar os sonhos ajuda o processo de conhecer um ao outro – pode ser tão agradável e relaxante depois do sexo quanto é excitante antes. Mas lembre-se de que você precisa analisar os sonhos eróticos no contexto do seu relacionamento, para avaliar se deve apreciá-los pelo significado visível ou se deve procurar um significado simbólico mais profundo.

Um dos modos mais agradáveis de melhorar a vida sexual é usar os sonhos eróticos como material para representar fantasias profundamente apreciadas. Isso funciona melhor se vocês estabeleceram as regras com antecedência. Ao decidir juntos que partilharão todos os sonhos eróticos, e depois de escolher o sonho que representarão, vocês eliminarão o peso da responsabilidade individual. Assim, será mais fácil evitar a inibição ou embaraço que normalmente os impedem de dizer o que realmente querem. É sabido que os namorados se enganam fingindo que tiveram um determinado sonho erótico, na expectativa de que seu companheiro vai representá-lo. Embora a desonestidade não deva ser estimulada, isso é apenas uma brincadeira inofensiva.

Ao usar os sonhos eróticos como material para representação de fantasias, tudo é permitido, desde que seja consensual. Se você ou seu parceiro começar a se sentir incomodado, pare e esqueça a história. Outra regra básica é que nenhum participante deve ser censurado por propostas estranhas ou bizarras. No entanto, evite a todo custo brincadeiras violentas, que envolvem lesões e dores reais; isso poderá trazer apenas mágoa e desgosto.

EXERCICIO 6

O livro onírico do travesseiro

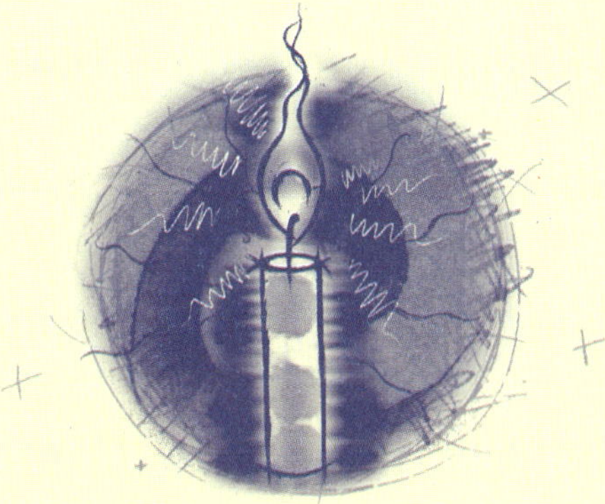

Um novo jeito de estimular a vida sexual inclui partilhar sonhos eróticos com seu parceiro, registrando-os no Livro Onírico do Travesseiro — um tipo de diário do quarto de dormir antigamente usado por cortesãs japonesas, entre outros casos. Você notará que esse exercício desencadeará uma manifestação criativa de fantasias desinibidas, diferente de tudo o que você normalmente vive na realidade da vigília.

1. Invente uma história erótica, talvez usando parte de um recente sonho erótico como ponto de partida. Registre a história num livro de sonhos. Escolha o cenário, as imagens, os personagens e o enredo de que gosta – tudo o que você imagina que possa agradar ao seu parceiro. Salpique sua história com descrições do que vê, escuta, sente, cheira e saboreia, com a maior quantidade possível de detalhes.

2. Ofereça o livro a seu companheiro, talvez deixando-o sobre o seu travesseiro – a idéia é que ele leia a sua história antes de adormecer. É claro que o objetivo é estimular um sonho erótico, mas se ele se sentir excitado durante a leitura tanto melhor!

3. No dia seguinte, seu parceiro escreverá a seqüência da narrativa erótica usando os fragmentos lembrados do sonho erótico dele. Espere o inesperado – provavelmente, a consciência onírica dele adicionará seu próprio matiz excitante à história.

4. Passe o Livro Onírico do Travesseiro de um lado para outro, entre vocês, dia após dia, pelo tempo que quiserem. Cada nova seqüência se baseará no estímulo do relato anterior.

O amor perene

O amor que une é o estado especial do relacionamento maduro, quando a estabilidade, a familiaridade e a satisfação se enraizaram. Entre seus elementos-chave incluem-se intimidade, paixão e compromisso. A intimidade define-se como a ligação emocional; a paixão é a satisfação física, incluindo também a satisfação e a auto-afirmação; e o compromisso é a decisão consciente da união – o laço que mantém o relacionamento nos tempos difíceis. Juntos, esses três elementos constituem o triângulo que liga duas pessoas numa união duradoura e que traz realização.

Contudo, a relação aparentemente estável pode se transformar num fardo de dissabores mesquinhos e, um dia, você poderá acordar infeliz sem saber por quê. Um relacionamento saudável tratará os principais problemas no tempo certo, impedindo que envenenem a atmosfera da relação e, simultaneamente, admitirá que algumas diferenças de opinião ou temperamento sejam aceitas e respeitadas.

Os sonhos poderão ajudá-lo a controlar a relação com regularidade, para que todas as dificuldades sejam identificadas e trazidas à luz desde o início. Todos os três lados do triângulo – intimidade, paixão e compromisso – ficarão sujeitos a tal exame. Você poderá analisar o sonho relativamente a um lado por vez, em intervalos definidos – um por mês, isto é, examina-se trimestralmente cada dimensão, relembrando os sonhos do trimestre. Você também pode agrupar as três dimensões em uma única e grande sessão, mensal ou trimestral (com períodos equivalentes para os sonhos que decidiu examinar). É claro que não é preciso ser tão sistemático; se preferir não se comprometer com um controle fixo, esse pode variar de acordo com seu estado de espírito ou disposição.

EXERCÍCIO 7

Como cuidar do jardim

O amor é como uma planta. Você não pode simplesmente recebê-la e guardá-la no armário, ou deixar que se arranje sozinha. Se quiser que sua planta floresça, terá de dar-lhe alguma atenção. Utilize a visualização pré-sono a seguir para manter o jardim do relacionamento vivo na imaginação e nos sonhos.

1. Antes de adormecer, visualize seu relacionamento como um belo jardim. Lembre-se de como ele o enfeitiça, e de como cultivou seu solo e plantou as sementes do amor.

2. Imagine-se no jardim, que é dividido em três áreas: intimidade, paixão e compromisso. Aprecie as características de cada uma delas. A área da intimidade possui florzinhas raras; a da paixão inclui flores grandes e luminosas; e a do compromisso tem plantas úteis, como ervas medicinais. Lembre-se de como você eliminou as ervas daninhas e regou o jardim do relacionamento com fé, amor e cuidado.

3. Agora volte ao jardim e examine com cuidado o que está crescendo. As plantas e flores estão saudáveis e fortes? Alguma erva daninha começou a se desenvolver? Em caso afirmativo, identifique suas características e imagine-se extirpando essa erva.

4. Antes de dormir, imagine-se elevando-se no ar e baixando os olhos para o jardim. Medite sobre a sua forma. Se, nesta noite, você sonhar a respeito de crescimento, natureza, paisagem, sustento, água, caminhos, árvores ou flores (todos símbolos aos quais a mente sonhadora normalmente recorre), tente interpretar isso levando em consideração o jardim do relacionamento.

Em cada sessão, não se esqueça de verificar a temperatura emocional e o simbolismo de seus sonhos. Em particular, atente para as rupturas, brechas ou tensões das narrativas oníricas, mas também fique atento aos símbolos positivos, úteis para estabelecer a confiança mútua. O diário de sonhos é uma ferramenta indispensável do programa de manutenção do relacionamento. O homem e a mulher que estão juntos há anos dão a impressão de que sabem tudo a respeito do outro. Os diálogos sobre sonhos (consultar p. 76-79) corrigem essa visão desnecessariamente melancólica sobre os relacionamentos: sempre haverá sonhos e interpretações que nos surpreenderão, pois o inconsciente, como o universo, tem um extensão infinita – isso significa que os relacionamentos possuem possibilidades inesgotáveis.

Numa relação madura, inevitavelmente chega o momento em que um parceiro precisa dar amparo especial ao outro – talvez em resposta a uma doença grave, à morte de um familiar ou amigo íntimo, ou a uma crise no trabalho. Em tais circunstâncias, a análise dos sonhos pode ser muito útil. Lembre-se de que a doença pode gerar imagens oníricas perturbadoras. O melhor jeito de lidar com essas imagens é, muitas vezes, opor-se a elas por meio de influências mais reconfortantes – conte ao seu parceiro algum sonho de crescimento ou renovação que você teve. O mesmo pode ser dito em relação à perda. Quando uma pessoa próxima do seu parceiro morre, ou surge alguma crise externa, suspenda as análises de sonhos sobre problemas de relacionamento, concentrando-se em estimular sonhos de força e cura, para ajudá-lo a enfrentar os tempos difíceis.

Como lembrar ocasiões especiais

É quase um lugar-comum afirmar que os maridos esquecem datas festivas e aniversários de casamento; no entanto, os deslizes de memória podem afetar a todos nós. Você pode fazer uso de lembranças oníricas para ajudá-lo a trazer à mente essas datas significativas.

Um dos melhores meios de usar os sonhos para lembrar de ocasiões especiais é escolher um símbolo e associá-lo a uma data importante. Você pode visualizar seu parceiro como um balão gigante, com a data escrita na sua superfície, ou como um cavalo de corridas, com o número correspondente à data de aniversário exposto na sela. Quanto mais imaginativa a imagem, mais memorável ela será. Concentre-se na imagem todas as noites antes de dormir. Faça isso com regularidade, e logo você perceberá que o símbolo que selecionou para lembrá-lo dessa data especial surgirá em seus sonhos.

Em um relacionamento a longo prazo, o diário de sonhos se tornará o único registro dos altos e baixos de uma parceria – imagine a emoção de descobrir um diário de sonhos mantido por seus pais ao longo de todo o casamento. Use seus arquivos com regularidade para descobrir uma continuidade de temas e símbolos que ziguezaguearam em seus sonhos durante anos. Enquanto vocês envelhecem, os eus oníricos podem conservar o vigor e entusiasmo juvenis, mas também crescerão na riqueza das experiências acumuladas. Os seus diários confirmarão que, à medida que o tempo passa, o simbolismo onírico torna-se mais esclarecedor e complexo.

Como superar o ciúme

Considerado antigamente como um aspecto sombrio do amor, o ciúme é visto atualmente como uma emoção primitiva e, às vezes, destrutiva. Muitos de nós relutamos em admitir que estamos com ciúme, mas ele é, na realidade, um sentimento freqüentemente experimentado, tanto na realidade da vigília quanto nos sonhos. Geralmente, ele se origina com o medo da perda. Nossa reação instintiva ao medo é lutar (ou fugir). Assim, é compreensível que o ciúme intenso possa nos levar a um ataque violento, físico ou verbal, se acharmos que a relação corre perigo.

O ciúme é uma emoção particularmente adequada para ser expressa na linguagem dos sonhos: possui uma qualidade primitiva, inteiramente de acordo com o inconsciente; e ele aparece claramente nos sonhos, particularmente se formos possessivos por natureza ou estivermos inseguros no relacionamento. A força do sentimento provém, em parte, do senso de usurpação: o outro está em nosso lugar, e sentimos que o nosso próprio valor – e até talvez a nossa identidade – está seriamente ameaçado. Também detestamos não saber – pois isso nos força a imaginar – e imaginamos normalmente o pior cenário possível. A ânsia de saber vem porque queremos, de modo autodestrutivo, ter a certeza do pior e, também, porque queremos que se prove o contrário. Desse modo, o ciúme é tanto complexo quanto contraditório. Por isso, ele corrói tão efetivamente as bases do relacionamento e destrói a paz de espírito.

A pessoa ciumenta tende a exagerar a ofensa provocada pelo outro; muitas vezes tudo é fruto de sua mente, originando-se em uma insegurança profun-

Como dar adeus ao passado

A infidelidade é uma das coisas mais devastadoras que podem acontecer em um relacionamento. Se for aceita como mera anomalia (por exemplo, um breve caso extraconjugal ou uma atração temporária), e a parte enganada estiver disposta a perdoar, os sonhos podem ser úteis no processo de cura.

A chave para reavivar o relacionamento é restabelecer a confiança abalada. Relatar com regularidade os sonhos um ao outro pode deixar claro que nenhum dos dois tem nada a esconder. Se o "intruso" aparecer num sonho, a parte inocente não deve se alarmar ou ficar desesperada – é natural que alguém que criou tal perturbação no relacionamento se manifeste na vida onírica, ainda que essa pessoa não desempenhe mais nenhum papel na realidade. Com o tempo, se tudo correr bem entre o casal reconciliado, o fantasma começará a desvanecer.

damente enraizada. Mesmo se houve, de fato, alguma deslealdade, temos de trabalhar com e além do ciúme – por mais difícil que isso seja –, antes que possamos lidar com a situação de maneira construtiva.

Para obter a ajuda dos sonhos, pode-se usar a técnica da substituição. Suponhamos que sonhamos com nosso companheiro caminhando de braços dados com a nossa rival (imaginária ou não) no calçadão à beira-mar, e que o enredo nos causou uma grande mágoa. Na noite seguinte, antes de dormir, imagine-se assumindo o lugar da rival; sinta a pressão do braço do companheiro descansando de modo aconchegante e o cheiro penetrante da brisa marinha. Em outras palavras, use a mente consciente para afirmar o sentido do que é certo, exatamente como o inconsciente, no sonho da noite anterior, asseverou o contrário.

Conflito e confusão

Mesmo no relacionamento mais sólido, os conflitos e as confusões surgem de vez em quando. São subprodutos inevitáveis da química entre dois seres humanos com personalidades distintas, histórias particulares, necessidades conflitantes e atitudes e opiniões diferentes. Com tantos fatores distintos a ser equilibrados, será que é algo tão espantoso que os choques aconteçam? Nos relacionamentos fortes, todos os casais brigam, mas eles também sabem *como* brigar e brigar saudavelmente.

Muitas vezes, numa relação, as tensões se desenvolvem de modo insidioso. Normalmente, manifestam-se por causa de um pequeno incidente ou desacordo. Mas, se elas não forem resolvidas, a mágoa poderá crescer e corroer o próprio tecido da intimidade. As discordâncias também podem se exacerbar por meio de pressões externas. Por exemplo, pais que desaprovam a origem do companheiro podem criar tensões não-ditas na relação, criando um conflito de lealdade. Assim é que a confusão se instala: a mente, puxada em direções opostas, começa a sofrer interferências que obscurecem a sua clareza habitual – como ondas de rádio que sofrem a interferência de um transmissor estranho.

Todos os relacionamentos passam por períodos de distanciamento e incerteza, assim como de proximidade e satisfação. Raramente o conflito é terminal, e duas ou três conversas são suficientes para restaurar a normalidade; contudo, alguns conflitos podem se aprofundar e causar rupturas permanentes na harmonia mútua. As formas de conflito tanto graves quanto triviais são sensíveis à análise construtiva dos sonhos. No nível inconsciente, os sonhos oferecem ajuda automática, servindo de

EXERCÍCIO 8

O oráculo do toque

Os problemas de relacionamento reagem muitas vezes a uma incubação onírica especial ou a uma técnica de sugestão conhecida como sonho cinestésico. *Usa-se esse método para enfrentar desafios específicos, como tomar providências relativas a um compromisso sobre um assunto divisor. Embora a presença de seu companheiro seja necessária durante o exercício, ele não precisa estar informado da incubação planejada.*

1. Decida o objetivo da incubação. Por exemplo, formular e enfocar uma determinada questão, ou pedir ajuda para solucionar um conflito com seu companheiro. Não formule uma questão nem faça um pedido muito complicado.

2. Na hora de dormir, enquanto vocês relaxam, ofereça-se para fazer uma massagem para ajudá-lo a dormir. Acaricie-o e friccione-o suavemente; enquanto isso, "converse" silenciosamente com cada parte do corpo dele, formulando a questão ou fazendo o pedido que você planejou anteriormente. Sinta a pele do companheiro sob seus dedos e fixe a lembrança da sensação na mente.

3. Agora, agradeça cada parte do corpo do companheiro por aquilo que ela significa para você – as mãos pelo toque cuidadoso, as costas pela força, os braços por abraçá-lo, e assim por diante.

4. Ao terminar a massagem, permita-se pegar no sono retendo em sua mente a memória do seu toque na pele do companheiro.

5. Pesquise os sonhos em busca de orientação – eles podem sugerir por que o problema surgiu ou ajudá-lo a enxergar o ponto de vista do companheiro e a encontrar a melhor forma de reconciliar as diferenças.

escape para o excesso de raiva ou frustração, embora esse processo de compensação seja pouco compreendido.

É possível tentar ajudar o inconsciente em suas atividades corretivas estimulando sonhos de libertação e deixando a descarga psicológica funcionar enquanto você dorme. Por exemplo, à noite, antes de deitar, medite sobre ondas quebrando, represas se rompendo ou um gêiser lançando água nas alturas. A expectativa é de que tais imagens produzam sonhos "catárticos", que restabelecerão o equilíbrio dos sentimentos, purgando-os das agressões acumuladas no passado, e que talvez já não sejam importantes na situação atual.

Quando a mente desperta não consegue progredir sobre a questão de como resolver o conflito ou confusão, os sonhos podem fornecer um conjunto novo de imagens e eventos por meio do qual podemos nos orientar. Trabalhe com eles, só ou com o(a) companheiro(a). Com a ajuda dessas indicações, crie uma maneira construtiva de se livrar da tormenta.

Quando os conflitos geram emoções negativas, a pior coisa é pensar nisso a sós. Investigue os sonhos em busca de sugestões sobre como reagir de modo mais ativo. Se lhe oferecem apenas respostas negativas, há diversas abordagens possíveis. Uma é criar na mente, ou sobre uma folha de papel, um cenário que seja exatamente o oposto do existente no sonho, e usá-lo como foco para meditação, especialmente antes de dormir. Outra abordagem é interpretar a negatividade do sonho como uma advertência do inconsciente sobre as perigosas tendências que você está manifestando – um alerta sobre como as coisas podem ficar se não empreender uma mudança pessoal. Há também muitas maneiras pelas quais você poderá conseguir essa ruptura por meio da análise mútua dos sonhos.

Como juntar as peças

Depois de uma briga, mesmo quando resolvida de forma satisfatória por ambas as partes, permanece uma atmosfera de mal-estar ou embaraço que demora um pouco a desaparecer — dependendo dos temperamentos envolvidos e de como o casal passa o tempo junto.

Os sonhos da noite seguinte ou das seguintes podem não "entender" que o conflito foi solucionado: em outras palavras, podem estar levemente obsoletos. Isso acontece muitas vezes quando a briga se concentrou em torno de questões fundamentais ou diferenças de opinião. Sinta-se livre para ignorar os sonhos se considerar que há a possibilidade de que eles ainda não incorporaram os eventos da vigília. Tenha essa possibilidade em mente enquanto analisa cuidadosamente os sonhos, com o objetivo de confirmar que a reconciliação foi sincera e que não ficaram vestígios de ressentimento.

Certos conflitos e confusões perturbam-nos mais do que somos capazes de reconhecer conscientemente. Se, num sonho, eles vieram num fluxo de imagens perturbadoras, você deve revelá-lo ao companheiro. Expressá-lo mostrará como você disfarçava a verdadeira extensão de sua infelicidade, mesmo para você. Assim, poderá usar o sonho como introdução ao assunto da conversa, que seria de difícil abordagem.

Você pode achar que nem sempre deve comentar o sonho perturbador com o companheiro, pois ele imediatamente entenderá a sua verdade emocional, e até poderá ter sonhos similares. Se isso acontecer, você terá ganho a batalha pela metade – assim que o problema for isolado e reconhecido, resolvê-lo será apenas questão de decidir que conduta adotar, com conversas construtivas e compreensivas.

O canto do cisne

Poucas experiências causam tanto transtorno emocional e, às vezes, totalmente traumáticas, quanto o fim de um relacionamento. Mesmo quando a decisão de dar o basta é sua, a situação é quase sempre carregada de dor e, freqüentemente, se mescla com conflito e amargura.

Na ocasião da separação, os sonhos podem dar força e renovar a esperança em relação ao futuro. Se o relacionamento acabou mesmo, você pode até achar que seus sonhos parecem se alegrar com a perspectiva de um futuro libertador. Imagens de liberação, como espaços abertos, exercícios físicos estimulantes ou transformações mágicas podem ser consideradas sinais de que você e seu companheiro tomaram a melhor decisão. Se essas imagens não aparecerem, tente evocá-las em seus sonhos com algumas frases antes de dormir. Por meio desse método, você poderá estimular sonhos revitalizantes de perseverança, estabilidade emocional e conquista de poder. As frases podem funcionar bem em tríades. Por exemplo, você pode sussurrar para si mesmo antes de pegar no sono: "Busco a sabedoria para identificar o meu caminho; busco a coragem para seguir o meu caminho; busco a força para perseverar no meu caminho". As mesmas frases assertivas são apropriadas para diversos estágios do processo de separação: pode-se usá-las antes da ruptura final, para enxergar você em uma série de discussões dolorosas, ou quando você está tentando de todos os jeitos não procurar o ex-companheiro.

O milagroso salto da fé

Muitas vezes, a ruptura de uma relação exige um salto de fé, principalmente quando sabemos que devemos partir, mas achamos difícil reunir coragem para tomar essa decisão. Isso é especialmente verdadeiro se a relação foi de longa duração: independentemente de quão insatisfatória seja a situação, a perspectiva de uma separação demorada, repleta de frustrações e recriminações, servirá de freio. Para superar a provação, precisamos acreditar que o que vamos encontrar à frente valerá toda a angústia. Nessas ocasiões, os sonhos são capazes de renovar a confiança, particularmente se os estimularmos de modo intencional por meio do uso de frases assertivas.

Certa mulher, que não voltaria a amar em conseqüência de um divórcio que abalara a sua auto-estima, incubou um sonho de milagre para restabelecer a sua fé no amor. Em primeiro lugar, repetiu para si uma frase simples: "Eu posso caminhar nas nuvens". Essa afirmação a fez sentir-se viva e revigorada. Nessa mesma noite, sonhou que estava agarrada à cabeça de uma gárgula leonina, no alto da catedral de Notre-Dame, em Paris. Ela fitou a cidade, fechou os olhos, segurou a respiração e, lentamente, elevou-se no ar. Não se surpreendeu pelo fato de não cair. Por um instante, ficou suspensa e, alegremente, baixou os olhos e contemplou a cidade apressada, antes de flutuar suavemente em direção ao solo. Essa surpreendente façanha onírica restaurou a sua esperança no futuro.

Para incubar o seu próprio sonho de milagre antes de adormecer, imagine-se realizando uma proeza impossível com incrível facilidade – talvez caminhando sobre a água, apagando um incêndio florestal ou apenas observando as chamas ou domando um arisco cavalo selvagem. Se, na primeira vez, você não conseguir, não desanime nem considere isso um sinal negativo – continue tentando e logo você terá êxito em trabalhar o seu próprio sonho de milagre.

Como trabalhar a dois

Os sonhos oferecem uma oportunidade única para você trabalhar com seu parceiro. Eles ajudam o relacionamento a se desenvolver, curando-o quando ele adoece. A sinceridade e a sabedoria inerentes aos sonhos ensinam-nos a entender e definir melhor as nossas próprias necessidades e aspirações, e conseguir uma avaliação mais profunda das do seu parceiro.

Neste capítulo, vamos analisar como o fato de partilhar sonhos com o companheiro enceta um diálogo que fortalece o casal por meio da encenação de papéis, da narração de histórias e dos sonhos em comum. Examinaremos como a ambigüidade intrínseca presente nos sonhos pode trazer *insights* inesperados mútuos, além de ensinar como trabalhar em conjunto para eliminar barreiras (emocionais, psicológicas e/ou físicas), liberar ressentimentos, instigar esperança e estimular o desejo. Há diversos exercícios que você pode realizar em parceria, que variam desde o puramente lúdico até o mais psicologicamente desafiador, todos idealizados para desenvolver as forças existentes nos relacionamentos e eliminar as suas inevitáveis fragilidades.

Diálogos sobre os sonhos

Um sonho recordado durante a vigília é como um estrangeiro numa terra estranha. Para que o sonho adquira a plena compreensão da consciência sem ser mal-interpretado, é preciso ajuda. Ao trabalhar sozinho nos sonhos, usando seu espírito e simbolismo para avaliar sua vida emocional, você será capaz de iluminar e enriquecer muitos aspectos de seu relacionamento. No entanto, imagine quanto progresso mais você faria se tivesse o companheiro (ou amigo) como colaborador. Como se fossem dois alquimistas num laboratório, a chance de encontrar o segredo da transformação de metal em ouro será incrivelmente aumentada pela cooperação mútua.

As técnicas do diálogo sobre sonhos devem se desenvolver em etapas, desde a mais simples até a mais sofisticada. Em primeiro lugar, habituem-se a conversar por meio dos sonhos, procurando estabelecer alguns possíveis significados. Dessa forma, mesmo que sejam incapazes de avançar com a interpretação, vocês se habituarão à linguagem básica da auto-análise, e desenvolverão o costume de falar sobre as emoções, libertando-se gradualmente de todas as inibições. Trabalhem sobre símbolos-chave, usando o oráculo onírico deste livro para analisar a dois seus possíveis significados (consultar pp. 136-139). Após poucas semanas de trabalho, vocês já sentirão algum progresso, pelo menos na capacidade de se comunicar.

Posteriormente, será possível avançar e tentar uma abordagem do tipo pergunta e resposta, abandonando o diálogo não-estruturado. Como ouvinte, formule questões sobre o estado de espírito e os sentimentos que

EXERCÍCIO 9

Como partilhar um diário de sonhos

Um diário de sonhos comum é um jeito efetivo de manter o diálogo vivo entre o casal. Você pode fazer uma anotação sempre que surgir a oportunidade ou durante os diálogos em conjunto sobre os sonhos. A mesma abordagem pode ser adotada por dois amigos ou mesmo por toda a família.

1. Faça um diário a dois; ele será de vocês dois e não poderá conter segredos individuais.

2. Comecem todos os novos registros em uma página em branco, anotando a data e o nome do sonhador no alto (ou então cada um poderá usar uma caneta com tinta de cor diferente).

3. Escrevam a sinopse do sonho procurando ser sintéticos. Lembrem-se de que as mensagens mais importantes de um sonho estão contidas nas emoções e no simbolismo; assim, certifiquem-se de que vocês cobriram bem esses aspectos.

4. Vocês podem decidir trabalhar na interpretação em conjunto, anotando as palavras-chave no final do registro. Ou podem criar duas colunas paralelas de interpretação, que cada um trabalhe sozinho na própria interpretação, sem ser influenciado pelo outro (nesse caso, deverão cobrir os comentários que o outro parceiro já fez).

5. Leiam e discutam o diário de sonhos com regularidade. Antes de dormir, meditem sobre os símbolos ali registrados. Vocês verificarão que eles estimulam novos sonhos que incorporarão a mesma matéria-prima.

os eventos evocaram no sonhador, tanto na hora como depois, na lembrança. Pergunte sobre os detalhes. Que cor tinha tal coisa? Quão precisamente tal personagem revelou sua emoção? Pergunte também como o sonho foi sentido da perspectiva dos seus objetos inanimados significativos – como as árvores se sentiram enquanto o vento sussurrava através delas, e assim por diante. De algum modo, essa é uma forma de encenação (consultar p. 94) que inclui o sonhador e o interrogador. O elemento teatral ajuda a liberar a imaginação e também deixa o exercício mais lúdico.

Nos diálogos sobre sonhos, é importante pesquisar as implicações emocionais de todos os símbolos identificados. Deve-se procurar ir além das descrições meramente neutras de uma cena ou narrativa. Por exemplo, se o seu parceiro começar a se lembrar que zunia pelo ar, montado sobre um míssil caricatural

prestes a explodir, não deixe de perguntar como ele se sentiu. Ele poderá responder que era divertido, como voar na velocidade da luz, e que nunca se sentiu mais vivo. Assim, vocês podem passar a fazer livres associações em torno dos símbolos, criando duas listas separadas, que serão comparadas posteriormente. Esse processo é capaz de gerar algo como o seguinte: "míssil" leva a foguete, lançamento, veloz, não-controlável; "explosão" leva a bomba, fogo, combustão, perigo, dano; "velocidade da luz" leva a estrelas, nave espacial, vôo, diversão. Todos esses termos podem então ser analisados proveitosamente numa discussão sobre o relacionamento. Em particular, investiguem as ambigüidades e paradoxos que cercam a maior parte dos símbolos: a bomba, por exemplo, é destrutiva, mas a palavra também tem o sentido de notícia que provoca grande choque, surpresa, admiração etc.). Todos os relacionamentos estão permeados de ambigüidades e paradoxos, e essas qualidades muitas vezes se refletirão diretamente nos símbolos oníricos.

EXERCÍCIO 10

Uma comunhão de símbolos

Este exercício mostra como os símbolos presentes nos sonhos de uma pessoa podem inspirar e esclarecer os símbolos oníricos de outras pessoas, processo denominado de simbolismo simbiótico. *A teoria junguiana oferece duas possíveis explicações a respeito dessa técnica: um sonho está incubando o próximo por associação ou há uma comunicação inconsciente entre os sonhadores por meio de símbolos do inconsciente coletivo – as imagens universais codificadas em todos os cérebros.*

1. De manhã, o parceiro A descreve seu sonho noturno, dando atenção a todos os símbolos aí surgidos – imagens carregadas de significado especial ou que provocaram as emoções mais fortes. Podem ser imagens da natureza, formas de transporte ou objetos cotidianos, as possibilidades são infinitas, mas, normalmente, os símbolos serão familiares e facilmente reconhecíveis.

2. Ambos os parceiros conversarão por meio dos símbolos, fazendo livres associações em torno deles. Por exemplo, um sonho que retrata girassóis pode provocar associações com Van Gogh (que freqüentemente pintava girassóis) e, por sua vez, sugere uma galeria de arte. Finalmente, o casal voltará ao símbolo onírico que se mostrou mais fecundo nas associações, e ambos meditarão sobre esse símbolo antes de dormir.

3. No dia seguinte, o parceiro B relatará seu sonho, seguindo os passos 1 e 2. Se ambos os parceiros sonharem em uma determinada noite, os dois sonhos serão contemplados, e os dois símbolos de maior destaque se tornarão objetos da meditação pré-sono.

Conversando e escutando

Escutar, entender e exprimir-se constituem a base de todo relacionamento. Consideramos essas habilidades naturais porque as usamos todos os dias – por meio de palavras e observações. É quase impossível não se comunicar com os outros, mas fazer isso de modo efetivo – sem juízos apressados ou preconceitos – é bem mais complexo do que pode parecer à primeira vista.

Com que freqüência você atribui uma opinião, um estado de espírito ou um pensamento ao companheiro com base apenas num fragmento de sua linguagem corporal? Ou a um amigo a partir da sua expressão facial? O problema com a comunicação não-verbal e as suposições que ela gera é que, pela lei das probabilidades, algumas vezes, fatalmente, tiramos conclusões erradas. Com isso, reagimos dizendo ou fazendo algo errado, ou sentindo uma emoção imprópria.

Como os sonhos podem ajudar, então? Em primeiro lugar, ao iniciar um diálogo sobre sonhos com outra pessoa, devemos criar um ligeiro distanciamento, melhorando a capacidade de escutar e entender (pelo fato de estarmos distanciados, temos menos probabilidade de provocar uma discussão emotiva e não-construtiva). Uma análise incisiva do significado do sonho de outra pessoa requer concentração, compreensão e articulação, que são as mesmas habilidades necessárias no cotidiano para garantir que nos comuniquemos de forma eficaz com as pessoas próximas.

Além disso, quando há um ruído de comunicação na vida desperta, os sonhos muitas vezes apresentam os primeiros sinais de advertência – se formos capazes

EXERCÍCIO 11

A trama do significado

Um diálogo esclarecedor pode assumir a forma de uma dialética onírica *— a interpretação de uma pessoa é complementada por um* insight *da outra pessoa, construindo um quadro misto, ao qual o primeiro parceiro reage, e assim por diante. Como ouvinte, impeça que associações pessoais influenciem você, e tente visualizar os aspectos do sonho descritos pela outra pessoa.*

1. Quando o parceiro estiver descrevendo o seu sonho, imagine que você está escutando um monólogo poético no rádio, como se as imagens estivessem saindo de uma imaginação desconhecida. (Para isso, seria bom vocês se sentarem de costas um para o outro.)

2. Enquanto escuta, deve absorver todos os detalhes e nuanças da experiência onírica de seu companheiro. Nas pausas, formule questões abertas ("Como você se sentiu...?", e não "Você se assustou?"; ou "Quem poderia ser o estranho?", e não "Era o seu chefe?").

3. Depois de compilar todas as informações possíveis do sonhador, considere as possíveis interpretações e revele as suas conclusões. O sonhador deverá escutar sem interrupção, guardando as questões dele para as suas pausas. Quando você terminar, será a vez do sonhador interpretar o sonho, detendo-se em suas descobertas e nas dele.

4. Continue escutando e relatando dessa forma, até que entre vocês se estabeleça uma análise do significado do sonho com a qual ambos concordem.

de pressentir o problema, será mais fácil manter a vida cotidiana em ordem. Quando as visões noturnas estão permeadas de símbolos de colapso ou destruição, como bombas e outros tipos de explosivos, devemos considerar isso uma advertência de que, em alguma parte da nossa vida, as habilidades de comunicação não estão funcionando bem. Algumas vezes, os símbolos são um pouco mais sutis. Por exemplo, se você sonha que está submerso, lembre-se de que esse é um ambiente em que a comunicação é difícil; e, se sonha que é um astronauta, a chave para o simbolismo pode estar no capacete, que o impede de falar, em vez de interpretações mais óbvias, como a sensação estimulante de ausência de peso ou a sensação libertadora de transcender limites.

Praticamente toda forma de análise dos sonhos a dois ajuda na comunicação entre você e seu parceiro. No entanto, há certos princípios básicos relacionados aos atos de conversar e escutar que têm de ser dominados.

Ao se relatar um sonho, um erro comum é comunicar apenas figuras ou assuntos de destaque, que uma vez descritos em voz alta tenderão a ser tudo o que você lembrará depois. É muito semelhante ao fenômeno por meio do qual lembramos das fotografias da infância e não dos eventos reais: em outras palavras, o que se arquiva no processo de registro tende a eclipsar ou mesmo eliminar o omitido. Ao relatar um sonho pela primeira vez, temos de proceder lenta e reflexivamente, tentando não omitir coisa alguma. Para isso, é conveniente estar num ambiente confortável, para não desviarmos a atenção. Ponha uma música suave de fundo, mas evite todos os sons que possam dificultar a concentração no sonho. Esquive-se da tentação de organizar o seu sonho preenchendo as lacunas com pontes ficcionais ou dramatizando em excesso. Lembre-se de que seu objetivo não é entreter ou maravilhar o companheiro, mas chegar a um entendimento conclusivo.

Procure enxergar por todos os ângulos

Depois de conversar sobre um sonho, tente examinar as associações de todos os pontos de vista possíveis. Por exemplo, se em seu sonho apareceram moedas de ouro, há diversos níveis de interpretação, como os itens relacionado a seguir. Enquanto ouvinte, fique atento a essas possibilidades e guarde seus comentários e perguntas. Certifique-se de que tudo foi explorado.

Literal

Moedas de ouro são indicações óbvias de riqueza, poder aquisitivo ou recursos materiais. Se estiver relatando um sonho, deixe claro se as moedas de ouro significam simplesmente dinheiro ou um meio para um fim. Se estiver escutando, formule perguntas como: "De que maneira você vai gastá-las?".

Simbólico

As moedas podem representar um valor menos tangível. Talvez sejam o objeto de algum tipo de busca – de felicidade no relacionamento ou, sob certas circunstâncias, de independência. Se estiver relatando o sonho, deixe claro se as moedas despertaram sentimentos de possíveis desejos ou insatisfações. Se estiver escutando, lembre-se de formular perguntas sobre que sentimentos as moedas evocaram no sonhador.

Associativo

Tenha sempre em mente as características físicas dos elementos que aparecem num sonho. As moedas de ouro são redondas e amarelas, portanto semelhantes ao sol. Será que simbolizam um modo de vida mais natural, despreocupado? Ou será que estão associadas a um determinado lugar ou evento? Se, como sonhador, lhe ocorrer, em sua narrativa onírica, alguma comparação com coisas semelhantes, não se esqueça de anotá-la, pode ser importante. Se estiver escutando, formule sempre questões sobre semelhanças como: "Que outras coisas as moedas de ouro lembram a você?".

Construindo histórias

Transformar histórias oníricas em narrativas da vigília é uma das formas mais fascinantes e penetrantes de interpretar sonhos. A encenação de papéis permite que você e seu companheiro analisem o terreno intermediário entre o consciente e o inconsciente, trazendo à superfície medos inconscientes ou outras dificuldades a fim de enfrentá-las, ou para reescrever sonhos incômodos. Desenvolver histórias oníricas ajuda a desenvolver a auto-estima e estimula a intimidade com o companheiro, trazendo coesão ao relacionamento. Ao utilizar esse método, vocês podem trabalhar a dois para isolar seus pontos fracos emocionais e comportamentais, reforçando-os para evitar as barreiras psicológicas defensivas.

A aplicação mais simples dessa forma de encenação de papéis envolve a ampliação do sonho, onde se representa o enredo onírico na forma de um diálogo que vai além do desfecho (ou em que o desfecho seja modificado). Tomemos um exemplo. Beto sonhou que caçava um monstro prestes a atacar sua companheira Ana; escutou os seus pedidos de socorro e tentou salvá-la. No entanto, ao se aproximar, Beto ficou paralisado e não conseguiu mover nem um músculo. De repente, os gritos cessaram, e se fez silêncio. Não havia vestígio nem de Ana nem do monstro. Ele se sentiu péssimo, impotente e culpado – um fracasso completo. Então, Beto acordou.

No exercício que inclui a ampliação do sonho, Beto e Ana assumem seus papéis oníricos, mas improvisam um outro desfecho. Os dois companheiros alternam-se na descrição dos

Os devaneios mútuos

Quase todas as pessoas devaneiam, seja em casa, seja no trabalho ou na sala de aula – a qualquer hora ou em qualquer lugar. Essas fantasias da vigília abrangem toda a gama da experiência humana, desde tarefas do trabalho e atividades domésticas até fugas arriscadas e encontros eróticos.

Os devaneios caem em um estado de consciência que os psicólogos chamam de *estado diferenciado da vigília*, que está em algum lugar entre a consciência ativa e o sono. A maioria de nós já vivenciou as imagens intensamente coloridas e o exagerado senso de realidade dos devaneios que ocorrem quando pegamos no sono – conhecido como *alucinações hipnopômpicas*. Mas a característica mais interessante do devaneio é que, ao contrário do sonho noturno, é controlado pela nossa vontade. O devaneio pode ser usado como exercício a dois, por meio do qual os parceiros, talvez deitados juntos na cama, contribuem igualmente para ele e o usam para analisar temas de interesse comum.

O cerne da fantasia pode provir de um dos parceiros, mas o processo de desdobramento deve ser mútuo e espontâneo. Cada parceiro contribuirá para o livre fluxo de idéias criando uma progressão sinuosa de imagens, que serpentearão e se transformarão de modo imprevisível, regidas pela mente inconsciente. Conforme o devaneio evoluir, o casal projetará material inconsciente na fantasia, revelando sentimentos e atitudes ocultos da consciência.

Para desenvolver o relacionamento, também podemos manipular o devaneio por meio de um processo análogo à incubação onírica. Por exemplo, se, na fantasia, você se detém numa cena difícil ou se sente indefeso ou vulnerável, assuma o controle do devaneio e desenvolva intencionalmente os personagens ou a trama, de modo a produzir um resultado mais positivo.

Posteriormente, converse com seu companheiro de modo mais consciente sobre a história que se desenrolou – como se fosse um sonho verdadeiro. Mais tarde, você pode querer voltar a algum dos temas ou imagens (em um jantar à luz de velas, talvez) ou manter um diário a dois (consultar p. 77).

acontecimentos. Beto continua caçando o monstro, mas, quando sente que a paralisia se aproxima, berra a plenos pulmões para a terrível criatura. Surpresa, Ana pára de gritar e se distrai por algum tempo; por um instante, ela pensa em Beto e não no monstro. Beto continua a berrar, até que o monstro dirige o olhar para ele e não para Ana. Ele encontra uma lanterna no bolso do casaco e dirige o facho diretamente para a cara do monstro. Ana pergunta a Beto se o monstro lhe traz alguma lembrança. Beto repara que o monstro tem os olhos de seu pai. O monstro desaparece, deixando o casal a sós. Ana agora afirma que se sente segura, e eles se abraçam. Representar esse enredo onírico fortaleceu o casal, pois libertou Beto e Ana do espectro do pai dele, que nunca aprovou o casamento.

Encenar papéis, como Beto e Ana, pode ser uma ferramenta efetiva para aplacar pesadelos – sonhos assustadores que não possuem desfecho, pois o sonhador acorda aterrorizado. Se você tiver um pesadelo, tente representá-lo com seu companheiro. No entanto, quando o sonho acabar, continue e improvise até chegar a

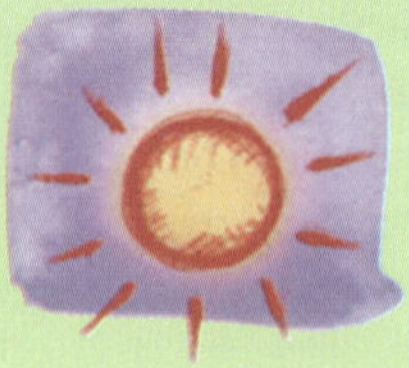

uma conclusão. Se ela contiver medo, como é quase sempre o caso, enfrente esse medo, não fuja dele. Tente conseguir uma lanterna, como Beto, reconhecendo que o terror prospera no escuro e que a exposição à luz desmascara, enfraquece e, no fim, destrói o perigo.

Há diversas variações da técnica relativa à encenação de papéis, com base no desenvolvimento de uma história a partir de um subtexto onírico. Os parceiros podem trocar de papéis, cada um representando o seu papel da perspectiva do outro. De modo alternativo, você pode assumir o papel de um elemento não-humano, e depois voltar a contar o sonho desse ponto de vista. A improvisação ganha força própria – algumas vezes, surpreendente; outras vezes, perturbadora, mas sempre revela novos aspectos do relacionamento.

EXERCÍCIO 12

A visão do diretor

A maioria das pessoas apreciaria a oportunidade de dirigir o seu próprio filme, o que pode ser feito por meio da técnica conhecida como trabalho de roteirização do sonho. Esse modo lúdico, penetrante e introspectivo de representar a fantasia permite que você crie a ação, desenvolva a trama, sugira personagens empolgantes e escreva o desfecho, usando a imaginação para aprofundar o elo com seu companheiro.

1. Escolha um sonho rico em ações ou imagens – não precisa haver conexão evidente com seu relacionamento.

2. A seguir, represente diversas versões do sonho, usando "e se?". E se o anjo voando sobre a sua casa pousasse no quintal? E se você pegasse carona nas costas do anjo? Como uma pequena mudança afetaria a história?

3. Depois de examinar a história toda uma vez, imagine que você seja o co-diretor do filme tentando encenar a melhor versão possível – a "visão do diretor". Escolha os enredos mais introspectivos – aqueles que você considera intuitivamente "verdadeiros".

4. Examine o enredo e inclua os diálogos. Cada um de vocês deve dirigir o outro para obter a melhor interpretação, sugerindo mudanças para tornar o drama mais efetivo.

5. Depois de criar a versão final para seu estúdio de relacionamento, interpretem o papel de co-professores em um filme de qualidade superior e planejem como vocês explicariam os significados psicológicos do filme aos estudantes de cinema.

Como ter sonhos em comum

Os sonhos são egocêntricos, egoístas e protetores ferrenhos das necessidades e desejos individuais. No entanto, em todo relacionamento importante, os sentimentos, ansiedades, expectativas e preocupações de um em relação ao outro se sobrepõem – como duas perspectivas sobre o mesmo objeto: distintas mas reconhecíveis.

Às vezes, somos tentados a pensar que alguns casais possuem apenas uma mente e não duas. Os parceiros parecem ecoar o pensamento um do outro, reagem igualmente a novas experiências, gostam das mesmas coisas e, diante de outras pessoas, sempre falam sobre "nós" – como se não tivessem mais opiniões individuais e o pronome "eu" tivesse se tornado obsoleto!

É claro que não existem mentes partilhadas, mas apenas pensamentos partilhados. No entanto, é certo que parceiros pensam com mais freqüência do mesmo modo do que conhecidos ou estranhos (embora coincidências de sentimentos ou opiniões sejam também freqüentemente vistas entre amigos ou colegas de trabalho). Isso não acontece apenas pelo fato de que parceiros já tendem a ter certas afinidades e interesses comuns: também é reflexo das experiências mútuas e das questões que precisam ser resolvidas de comum acordo. Onde vamos morar? Onde vamos passar as férias? Que amigos iremos visitar? Como podemos ser felizes a dois? O que temos de fazer para respeitar as vontades mútuas?

Levando em conta a afinidade mental existente, seria interessante tentar uma experiência: o objetivo muito almejado de ter sonhos em comum, isto é, cada parceiro do relacionamento desfrutando, simultaneamente, do mesmo sonho, ou de um sonho no mesmo cenário. Para haver um sonho em comum, é ne-

cessário um acordo prévio relativo a um sonho, em um lugar combinado. Esse objetivo é bem indefinível, mas a recompensa pela tentativa envolve a possibilidade de ter sonhos em comum pelos meios menos extremos – por exemplo, um símbolo em comum ou dois símbolos que se complementam.

Comecemos com a forma menos ambiciosa de afinidade onírica e depois avancemos para as altitudes vertiginosas do autêntico sonho em comum. Em primeiro lugar, há a idéia de trabalhar em conjunto sobre dois sonhos, cada um experimentado por um dos parceiros na mesma noite. Os sonhos podem ser muito diferentes, mas é um exercício fascinante e divertido tentar tramar uma história única a partir de dois enredos. Esse processo estimulará a imaginação, e poderá levar a justaposições muito incongruentes e surreais. No entanto, como os sonhos são freqüentemente incongruentes e surreais, há pouco perigo de que o sonho criado em conjunto não pareça realisticamente onírico. Procure conexões de temas e simbolismos. Porém, se não encontrar tais ligações, talvez essa grande diferença entre os dois sonhos seja um bom assunto para analisar a dois. Será que revela as diferentes formas pelas quais vocês abordam a vida? Será que expõe alguma previsível diferença sexual? Será que expressa pontos de vista divergentes sobre questões-chave do relacionamento?

Concentrem-se nessas comparações, para que vocês se estimulem a sonhar sobre um símbolo ou cenário específico – talvez algum que ocorrera em sonhos anteriores. Antes de dormir, meditem juntos sobre esse símbolo e de manhã verifiquem se ele emergiu no sonho de vocês. Esse exercício tende a registrar um alto índice de insucesso, mas não desanimem, continuem tentando. Partilhar com sucesso um símbolo onírico pode ser arrebatadoramente recompensador, confirmando que vocês têm imensa capacidade de empatia. Escolham um símbolo que já tenha significado especial para ambos, ou um que seja afim com certo assunto em voga – por exemplo, uma casa, se pensam em morar juntos; um filho, se pretendem constituir família; ou mesmo uma floresta tropical, se vocês se preocupam muito com a conservação do meio ambiente.

Infelizmente, sonhos em comum provaram ser impossíveis de ser reproduzidos sob condições experimentais. No entanto, documentaram-se muitos relatos críveis. Certos antropólogos, estudiosos de povos primitivos, como o senoi da Malásia, relatam que não é incomum que aldeias inteiras tenham o mesmo sonho simultaneamente.

Depois dos primeiros progressos com o sonho em comum, é hora de tentar atingir os objetivos principais desse modo de sonhar. Se vocês se sentirem

Gêmeos em perigo

Alguns dos exemplos mais convincentes de sonhos em comum foram experimentados por gêmeos idênticos. Logo depois que Luísa e Raquel se mudaram da casa dos pais, Luísa sonhou que tinha encolhido e estava presa numa casa de boneca. Enquanto tentava desesperadamente escapar dali, escutou Raquel gritar e a viu sair correndo do quarto, perseguida por uma sombra ameaçadora. Luísa se sentiu insignificante e impotente. Na mesma noite, Raquel teve o mesmo pesadelo, exceto que, em seu sonho, era ela *quem estava presa dentro da casa de boneca. As garotas concluíram que os sonhos refletiam a ansiedade de ambas para enfrentar as dificuldades sozinhas. Embora a pesquisa científica sugira que gêmeos idênticos sejam capazes de se comunicar por telepatia, isso não explica inteiramente a notável simetria dos dois sonhos.*

desestimulados pela falta de resultados, lembrem-se de que basta um único encontro bem-sucedido para compensar meses de tentativas vãs.

Decidam-se sobre um lugar de encontro que traga associações positivas para ambos – ou algum local especialmente bonito que visitaram juntos. Dediquem certo tempo para conversar sobre o lugar e reviver as lembranças comuns. Visualizem-no muitas vezes, apreendendo suas qualidades numa descrição oral, e observem as fotografias se houver. Na noite do sonho em comum, cada um deve dizer, em voz alta, uma frase, afirmando que vai se encontrar nesse lugar (seja o mais específico possível) durante o sono. Tenha fé: nada mina mais o sucesso que o ceticismo.

Um pássaro no ninho

Estudo de caso

Freqüentemente, os sonhos são enigmáticos em seu simbolismo, mas, eventualmente, indicam o caminho com inesperada clareza. Esse estudo de caso enfoca um casal cujo trabalho mútuo sobre os sonhos mostrou indicações claras em relação à vontade de ter filhos.

Márcio e Adriana não sabiam se queriam ou não um filho. Oscilavam entre o desejo urgente e a oposição definitiva à idéia, pois temiam perder a liberdade. Por muitos anos, esperaram que o dilema se resolvesse, mas isso não aconteceu. Os amigos os aconselhavam a constituir família. Diziam que muitos casais enfrentavam o mesmo dilema e que a incerteza desapareceria assim que Adriana engravidasse. No entanto, Márcio e Adriana relutavam em seguir tal conselho.

No passado, o casal fez algumas interpretações individuais de sonhos, mas nunca tentou qualquer trabalho cooperativo sobre sonhos. Eles começaram com diversas incubações de sonhos, formulando uma questão simples e decisiva: "Devemos ter um filho?".

Adriana foi a primeira a reagir à incubação. Seus sonhos revelaram-se surpreendentemente diretos – mostravam um carrinho de bebê vazio, que sugeria tristeza. (Esse não era o primeiro sonho de Adriana com "bebês" – ela tivera vários nos anos em que eles tentaram chegar a uma decisão.) Ela acreditava que seu sonho mais recente refletia o vazio que ela sentiria no fim da experiência se eles decidissem não ter um filho.

Na noite seguinte, usando a imagem do carrinho vazio como estímulo, Márcio sonhou que descia correndo uma ruela escura, fugindo de crianças que pediam esmola enquanto procurava um relógio perdido.

As emoções oníricas pareciam muito tristes. Inicialmente, Márcio interpretou seu sonho como uma advertência de que sentiria remorso pelo tempo que ele e Adriana haviam perdido se agora decidissem ter um filho. No entanto, depois de discutirem o simbolismo em conjunto, o casal percebeu que também poderia representar uma sensação de tristeza em relação ao tempo que se esvaía; em parte, o relógio era "biológico".

Certa noite, ao usar os símbolos de Márcio como estímulo, Adriana sonhou que afagava e consolava um animal ferido, que encontrara no caminho do relojoeiro.

O último sonho com "bebês" de Márcio, utilizando o animal ferido de Adriana como estímulo de incubação, mostrou um saudável filhote de pássaro cantando alegremente em seu ninho.

O casal associou o passarinho à ninhada e à criação. Como os sonhos de ambos pareciam felizes, Márcio e Adriana tomaram, finalmente, a importante decisão de ter um filho.

A encenação do sonho

A encenação é um método de representar o sonho quando estamos despertos. Junto com o companheiro, interpretamos um papel, e improvisamos à medida que avançamos, guiados pelos símbolos e emoções do sonho. Essa técnica permite que vocês identifiquem todas as tensões escondidas no inconsciente, trazendo-as à tona para tentar resolvê-las.

A encenação pode ser feita a qualquer hora, mas à noite é melhor, pois oferece a perspectiva mais auspiciosa de novos sonhos serem estimulados por sua "produção". É claro que, de manhã, vocês terão de anotar os sonhos como elemento preparatório.

O sonhador começa narrando todo o sonho, com o máximo de detalhes – isso eqüivale à leitura completa de uma peça pelos atores. Portanto, escolha os papéis. A abordagem mais óbvia para a distribuição dos papéis é que o sonhador represente a si mesmo e o ouvinte represente o personagem principal. Lembre-se, isso é uma improvisação, de modo que vocês podem elaborar além das exigências do roteiro básico do sonho sem problema; de fato, os desvios de roteiro é que são mais reveladores. Depois da primeira *performance*, vocês podem trocar de papéis. Ou o ouvinte, em vez de representar um personagem humano, pode decidir interpretar o papel de um animal ou mesmo de um objeto inanimado. Por exemplo, um telefone, que pode tocar inesperadamente com uma mensagem do inconsciente, ou um personagem que esteja indiretamente envolvido no sonho, mas não realmente presente. Os únicos limites são os impostos pela imaginação.

EXERCÍCIO 13

Como espantar os monstros

A encenação do sonho pode ser um método poderoso para lidar com os sonhos de ansiedade, quer as ansiedades se originem de aspectos do seu relacionamento quer de fatores externos.

1. Se você teve um sonho de ansiedade que deseja analisar, represente-se como a vítima. Em primeiro lugar, descreva o sonho e os sentimentos evocados. Seu parceiro escolherá um papel para servir de defesa ou de contra-ataque em relação ao elemento mais destrutivo do sonho. Por exemplo, se o sonho retratar um urso que sai do bosque e ameaça a sua barraca, seu companheiro deverá representar a polícia montada, um gladiador com uma grande rede ou uma abelha que vai distrair e enganar o pesado mamífero.

2. Agora a encenação começa. Seu sucesso dependerá da imaginação de seu parceiro em convencê-lo, por meio das imagens e da narrativa, de que você não tem mais nada a temer. Você, como vítima, pode formular questões do tipo "e se?", e o não-sonhador deve tentar frustrá-las por meio de mímica, efeitos sonoros e diálogos. Por exemplo, se você perguntar: "E se o urso estiver furioso por causa do meu chapéu de pele de urso?", seu parceiro, enquanto gladiador, deverá responder que vai lhe emprestar o capacete dele.

3. Ao transformar ansiedade em entretenimento, com fortes matizes de ridículo, você neutralizará os sentimentos incômodos. Se as mesmas imagens voltarem a aparecer em seus sonhos, elas podem ser causadas mais pela preocupação do que pelo medo.

A luz da razão

O trabalho com os sonhos, sendo uma janela para o inconsciente, oferece acesso a uma rica fonte de *insights* pessoais; contudo, representar a mensagem de um sonho é tão imprevidente quanto ignorá-la. Os diversos estados da consciência são idealizados para melhorar uns aos outros: a profundidade emocional da vida onírica precisa ser complementada com a racionalidade e o bom senso da consciência da vigília. O inconsciente é o conhecimento que está dentro de nós, e a razão é o instrumento pelo qual podemos avaliá-lo e transformá-lo na sabedoria interior que nos leva a agir.

No entanto, não é fácil utilizar a razão da vigília para desenvolver os *insights* oferecidos pelos sonhos, especialmente se as mensagens oníricas parecem conflitar com a lógica da vigília, ou se o conselho onírico está em desacordo com o que diz seu companheiro ou um amigo. É preciso coragem para aceitar que as emoções oníricas sejam verdadeiras e reveladoras, e tendem a ser mais confiáveis do que os sentimentos da consciência.

Embora seja certo que descobriremos aspectos tanto positivos quanto negativos de nós mesmos nos sonhos, o que acontecerá se não gostarmos do que for encontrado? Como reagiremos se os sonhos forem sempre raivosos, mas nos consideramos uma pessoa tranqüila? Lembre-se de que a visão de sua própria personalidade pode estar distorcida: talvez seus sonhos o estejam empurrando em direção a um proveitoso *insight*.

Cuidado: não use os sonhos para racionalizar certas situações em seu favor. Evite isso tentando usar a mente da vigília como uma amiga intuitiva e imaginativa, e não como uma pessoa que quer guardar coisas dentro de caixas, com ordem e asseio, para evitar confusão. O objetivo é observar todos os pontos vagos e tirar conclusões, e não atá-los todos juntos com um laço perfeito. É no processo de raciocínio que

Olhos nos olhos

Em determinado assunto, as mensagens da mente sonhadora podem estar em desacordo com as do inconsciente do parceiro. Se expressarem suas próprias mensagens durante a vida desperta, você poderá achar que o ressentimento está tomando forma, conforme cada um ouça o seu inconsciente e escute coisas diferentes.

O trabalho mútuo sobre o sonho envolve integrar as lições do seu sonho e do seu companheiro numa análise única. Trabalhando num assunto por vez, apresentem os sonhos um ao outro para análise; tente não supor que seu sonho seja mais significativo que o do parceiro. Depois, tramem os sonhos a dois, como se houvesse uma narrativa única; como os sonhos podem ser misturados e se complementarem? Registre os sonhos e as narrativas num diário.

as opiniões do companheiro ou amigos podem ter grande valor. Temos de procurar a sua perspectiva, especialmente quando achamos que predomina uma emoção onírica particularmente incomum ou perturbadora. Embora possamos estar convencidos de que o navio afundado, a casa saqueada e qualquer outro símbolo de destruição nos sonhos se referem a um conflito em andamento com parentes, nosso companheiro pode nos mostrar que os sonhos aludem a alguma outra coisa inteiramente diferente. Ou seja, talvez a nossa interpretação seja um modo de justificar e reforçar os sentimentos que temos em relação aos parentes.

A racionalização por meio da discussão revela algumas diferenças de opinião. Se coisas surpreendentes são ditas, não se preocupe, quaisquer perspectivas suscitadas são meramente o resultado da permissão onírica de comportar-se mal.

Como lutar contra os demônios

Não existe relacionamento sem problemas. As dificuldades que o casal vivencia juntos podem ser internas, isto é, nascidas da necessidade emocional, que não é reconciliável sem certo compromisso. No entanto, fatores externos comuns também entram inevitavelmente em cena, agravando ou enfocando algumas diferenças de temperamento que um casal tem de combater. Os problemas financeiros são um bicho-papão recorrente, assim como as condições conflitantes no trabalho e na vida doméstica. Os sonhos envolvendo problemas de relacionamento podem ser bem alimentados por tais fatores – ainda que, normalmente, também haja um componente emocional. Atente para as sugestões existentes nos sonhos sobre a natureza dessas questões, e tente resolvê-las durante a vigília por meio de uma pragmática e construtiva tomada de decisão conjunta.

Lídia e Jairo tinham uma relação feliz até, sem razão aparente, começarem a ficar impacientes um com o outro. Certa noite, Jairo sonhou com coqueiros balançando na brisa e Lídia escalando um deles como se fosse uma macaca. Embora temesse a reação negativa da companheira, ele criou coragem para relatar o seu sonho e, juntos, tentaram investigar o que ele significava para o relacionamento deles, no passado e no presente. Jairo lembrou uma ocasião em que Lídia queixou-se a ele sobre a poluição do ar na rua em que moravam. Uma outra discussão revelou que Lídia se ressentiu do fato de Jairo não ter levado a sério a sua queixa, e essa foi a causa subjacente da insatisfação presente no relacionamento. A macaca, decidiram eles, era uma irrelevância maliciosa, e as risadas deles sobre essa comparação engraçada ajudou a selar a reconciliação.

EXERCÍCIO 14

Como encolher o dragão

Às vezes, somos incapazes de lidar com um problema, pois ele não tem uma forma facilmente inteligível. A visualização a seguir transforma preocupações financeiras em um dragão domável. Você pode adaptar a imagem para qualquer problema. Se seu sogro interfere na sua vida, visualize o fogo expelido pelo dragão recebendo um jato de água.

1. Segure as mãos do seu companheiro respirando fundo até que ambos estejam bem calmos.

2. Visualizem suas preocupações financeiras como um dragão que expele fogo – as escamas em suas costas são moedas de ouro. Cada um de vocês deve descrever o dragão até ambos enxergarem claramente a mesma imagem mental.

3. Agora imaginem que você porta uma grande espada. Visualize seu companheiro correndo atrás do dragão, forçando-o a virar e ficar atordoado. Quando o dragão se vira, você golpeia as suas costas escamosas com a espada e arranca fora algumas moedas. Gradualmente, o dragão encolherá.

4. Dediquem cinco minutos à visualização com a imagem final do dragão como nada mais do que um pequeno lagarto. Visualizem-se apanhando o réptil e passando-o entre vocês. Esse animal pode ser controlado e amansado, assim como suas preocupações financeiras podem ser superadas.

5. Antes de dormir, repitam juntos a afirmação de que vocês superarão qualquer problema financeiro. Ao adormecer, pensem em como passaram o lagarto entre vocês na visualização. Os sonhos podem oferecer orientação sobre como o lagarto, o símbolo controlável de suas preocupações, pode ser amansado, afinal, dinheiro não é tudo!

Como manter o contato

Às vezes, mesmo uma comunicação efetiva com seu companheiro sobre assuntos importantes se mostra insatisfatória, como se todos os aspectos do relacionamento estivessem errados. O tom do diálogo pode se tornar sombrio ao enfocar problemas mútuos. Depois que uma conversa séria chega ao fim, há muitas vezes um resíduo de ansiedade difícil de dissipar. Desconsiderar os problemas discutidos não é algo incomum, mas vocês chegaram a um ponto em que voltar a passar por cima das situações embaraçosas parecerá contraproducente. Vocês podem começar a ser levados pelas emoções, tornando-se rígidos e inoportunos um com o outro.

Como modo de manter o contato, o trabalho com sonhos é um conveniente meio-termo entre o sério e o lúdico. A razão pode trazer à luz muitos argumentos favoráveis. O trabalho com os sonhos amplia o vocabulário do debate e aumenta a probabilidade de soluções imaginativas e heterodoxas. Ao mesmo tempo, há um elemento de diversão em relação a esse trabalho, mesmo quando questões sérias estão envolvidas. Isso pode melhorar a conversação da vigília, pois funciona como válvula de escape, uma maneira de desimpedir o caminho.

O único lugar em que os principais problemas do relacionamento (necessidades, dificuldades financeiras, divisão de responsabilidades etc.) não devem ser discutidos é o quarto de dormir. Tente mantê-lo como um ambiente especial, e, se for inevitável tratar de temas importantes, que seja no trabalho com os sonhos. Lembre-se de que o ato de sonhar é um instrumento útil para manter aberta a comunicação efetiva, quando esta se mostra problemática num nível mais explícito. No quarto de dormir, dê ao inconsciente mais autoridade do que à mente consciente e à razão.

EXERCÍCIO 15

A conexão entre sonhos

Como entrar em contato com alguém quando as opiniões são muito divergentes, ou a mágoa impede o contato real na realidade da vigília? Esse exercício demonstra o poder da telepatia onírica e mostra como o fato de entrar em contato com a pessoa amada ou um amigo nos sonhos é capaz de transmitir a sua mensagem.

1. Na hora de dormir, deite-se de modo tranqüilo, respire com regularidade e esvazie sua mente.

2. Depois de se sentir relaxado, visualize-se flutuando contra um fundo azul e sereno. Imagine-se em paz, revigorado por uma bela luz branca emanada de dentro, banhando a sua aura. Sinta o calor e a serenidade que a luz traz.

3. Depois, visualize seu companheiro ou amigo flutuando perto de você. Imagine que o convidou a juntar-se a você e tente sentir a sua presença. Ele também está em paz e envolto pela luz.

4. Quando a imagem se estabilizar, visualize que vocês se aproximam lentamente, até as duas auras se fundirem.

5. Agora "pense" na mensagem para essa pessoa. Deve ser sucinta e amorosa. Pode expressar um desejo de entrar em contato ou oferecer uma desculpa conciliatória.

6. Agora você já pode pegar no sono. Você pode não ter um sonho relacionado com esse exercício telepático, mas a pessoa com que está tentando entrar em contato pode encontrar um símbolo nos sonhos que carrega a sua mensagem.

Como se livrar do ressentimento

O trabalho com os sonhos pode servir de antídoto contra o ressentimento que, muitas vezes, se insinua insidiosamente nos relacionamentos. Os ressentimentos guardam mágoas, cada uma erguida sobre a anterior, até não reconhecermos mais o companheiro como a pessoa que amamos. Em vez disso, enxergamos apenas seus defeitos, muitas vezes ampliados de modo desproporcional. Se sintonizarmos os sonhos em conjunto, podemos nos livrar do ressentimento antes que isso se transforme numa crise.

O ressentimento se caracteriza normalmente pela irracionalidade. Podemos nos incomodar com o eterno otimismo do nosso companheiro diante das dificuldades cotidianas, embora o problema real possa ser, nosso próprio pessimismo. Se, nos sonhos, a sensação de ressentimento aumenta por causa do comportamento de nosso companheiro, podemos usar os sonhos para nos ajudar a entender a situação de uma perspectiva não-pessoal. Digamos que, num sonho, o otimista (seu companheiro) entra numa jaula sem qualquer proteção contra o leão ali preso. Você fica do lado de fora, sentindo-se tanto apreensivo pela sua segurança, quanto incomodado pela sua imprudência. Quando vocês começarem a analisar o sonho, ele poderá reconhecer que o aparente desprezo pela segurança era, na realidade, uma bravata: ele estava apreensivo, mas agiu com valentia para demonstrar o seu amor e compromisso.

Uma variação sobre o mesmo tema é deixar que o sonhador relate as ações e os símbolos com exatidão, mas possa mentir a respeito de alguns sentimentos. O ouvinte terá de adivinhar que sentimentos são falsos e descobrir o que *realmente* foi sentido. Se os ressentimentos devem vir à tona, é melhor que seu companheiro os adivinhe do que você tenha de fazer as suas próprias queixas.

EXERCÍCIO 16

Para cima e para a frente

Este é um exercício para ser praticado enquanto você pega no sono, quando você está no estado hipnagógico *(entre a vigília e o sono). O objetivo é resolver, de modo lúdico, todo ressentimento ou irritação que houve entre você e seu companheiro durante o dia, levando vocês a sonhos agradáveis e sem problemas.*

1. Deitados na cama, cada parceiro descreverá as irritações do dia de modo ligeiramente engraçado. (Está combinado que o quarto de dormir será uma zona livre de ressentimentos, onde até problemas sérios ficarão mais leves.) O objetivo é divertir, transformando as irritações num conjunto de imagens inofensivas.

2. Em seguida, um dos parceiros descreverá, em voz baixa, várias bolhas de sabão que deixam as suas mentes em direção ao teto. Cada bolha de sabão contém uma das imagens engraçadas que você encontrou para seus ressentimentos, flutuará lentamente para cima e estourará no teto.

3. O narrador começará a falar cada vez mais oniricamente sobre as bolhas, enquanto elas flutuam para cima. O objetivo é suavizar o estado de espírito, para que vocês dois possam relaxar e dormir: por exemplo, você poderá descrever a leveza e a beleza etérea das bolhas.

4. O cenário pré-sono é tão agradável que vocês relutam em trocá-lo pelo sono real. Mas, quando vocês finalmente deixarem o sono chegar, poderão refletir que os pensamentos foram inteiramente purificados de todos os ressentimentos mesquinhos, e podem aguardar juntos seus sonhos. Nada poderia ser mais natural.

Como liberar os desejos

Os antigos gregos acreditavam que os sonhos eróticos eram sinal de uma mente pervertida, inspirada por espíritos malignos, que corrompiam com desejos perversos. Na década de 1950, o pesquisador norte-americano Alfred Kinsey afirmou que a maioria dos adultos tem sonhos eróticos – declaração que causou grande controvérsia. Atualmente, estamos bem distantes das crenças míticas dos gregos e não nos sentimos mais ofendidos pelas descobertas de Kinsey, mas, mesmo assim, muitas pessoas não gostam de admitir que têm sonhos eróticos e consideram o sexo um assunto difícil.

Na realidade, os sonhos eróticos proporcionam um modo único de inflamar a vida sexual, liberar desejos, superar inibições e aumentar a intimidade. Ao falar ao companheiro sobre seus sonhos eróticos, você cria uma atmosfera de sensualidade e desejo, e isso é o suficiente para reacender a paixão. Muitas vezes, as novas e imprevisíveis imagens que aparecem num sonho erótico despertam sentimentos adormecidos de excitação em ambos, podendo dar novo tempero à vida sexual.

Você pode considerar o erotismo vivenciado por você ou seu parceiro na vida onírica muito estimulante, mesmo se parecer incomum ou bizarro. Não procure nenhuma mensagem profunda nisso: não tema se sentir excitado por um sonho que representa você fazendo algo mais ousado do que normalmente faria desperto. Lembre-se: não significa que você tenha o desejo secreto de representar o que sonhou, mas reflete os impulsos eróticos do *id*, a parte do inconsciente em que nascem as necessidades básicas da libido.

EXERCÍCIO 17

A escala Beaufort do sonho erótico

Por convenção, a velocidade do vento é medida de acordo com a escala Beaufort, que varia de 0 (quando a fumaça de uma chaminé sobe em linha reta) a 12, e infinito (quando os furacões destelham casas). Será divertido medir os sonhos em contraste com a escala Beaufort de erotismo a seguir, e discutir o escore de um sonho específico com o seu companheiro.

0 Sonhos de ansiedade, em que os símbolos não parecem eróticos, por exemplo, sonhos de penúria ou de falar em público.

1 Sonhos que refletem problemas emocionais como claustrofobia ou afogamento.

2 Sonhos agradáveis de maciez, talvez realçando texturas da seda, de pêssegos macios ou a maciez de pétalas de flores.

3 Sonhos agradáveis com sensação de toque, como massagem ou escovamento de cabelo.

4 Sonhos excitantes retratando os quatro elementos, como ventos furiosos ou erupções vulcânicas.

5 Sonhos de ambientes associados à intimidade – o quarto de dormir ou de vestir; objetos como espelhos, travesseiros e roupas íntimas.

6 Sonhos provocantes de nudez ou seminudez como o vislumbre fugaz de um corpo nu através de uma janela aberta.

7 Encontros sexuais satisfatórios que podem destacar o atual ou o ex-companheiro, um amigo, um conhecido ou até um estranho.

Conforme for elaborando o placar dos sonhos com seu parceiro, você constatará que se tornou mais sensível às nuanças sexuais, e que, à medida que discute esses assuntos, sua vida sexual ganha força.

Freqüentemente, a excitação sexual surge em situações incomuns; a improbabilidade real de fazer sexo satisfatório em determinadas circunstâncias provoca a excitação. Estamos todos familiarizados com o desejo que aumenta quando há obstáculos à satisfação; a ânsia de fazer amor enquanto estamos no restaurante ou no cinema, ou a vontade que se apossa de nós durante uma ligação interurbana.

Nas conversas sobre sonhos, essa síndrome pode ser usada com bons resultados. Se você está deitado na cama com seu companheiro e conversa sobre um sonho cujo conteúdo seja sexualmente neutro, mas relata-o de maneira sensual e erótica, perceberá o desejo irrompendo. Ao descrever a brisa como uma carícia que afaga a folhagem de uma árvore, poderá constatar que a metáfora se torna realidade. Ao relatar um sonho, concentre-se nos aspectos de toque, texturas e detalhes. De manhã, ao partilhá-lo, um bom princípio é incorporar metáforas a respeito do corpo. Não faça isso com a intenção deliberada de despertar sentimentos estimulantes, mas não se surpreenda se provocar excitação!

Algumas vezes, os sonhos ajudam a nos livrar de um bloqueio, tornando-nos mais conscientes das causas subjacentes. Um dos sonhos inibitórios mais comuns envolve uma relação sexual interrompida por alguma ação externa, talvez um símbolo de autoridade (como seu pai, um padre ou um professor) ou alguma causa inanimada (o despertador tocando ou a cama quebrando). Observe com atenção o agente da interrupção, e veja se contém algum elemento que simboliza aspectos seus. Talvez o pai seja seu próprio senso de responsabilidade em relação aos filhos, em vez de ser seu pai de verdade. Talvez o despertador reflita uma forte ética de trabalho, que equipara sensualidade com auto-indulgência. Ao testar e investigar desse modo e, sobretudo, trabalhar por meio dos sonhos com seu companheiro, você lançará luzes sobre algumas dificuldades que afetam seus momentos íntimos.

EXERCÍCIO 18

Aromas e desejos

Os aromas provocam intensas reações emocionais, e são potentes incubadores de sonhos. Os aromas sensuais podem direcionar energia sexual à sua vida onírica. Este exercício mostra como, ao explorar os efeitos de diferentes aromas em seus níveis de desejo, você poderá aumentar a freqüência e intensidade dos sonhos eróticos.

1. Sente-se perto de seu namorado e façam uma lista individual de seus aromas favoritos. Pode ser qualquer aroma – não se esqueçam dos mais óbvios, como o de café moído na hora, de grama recém-cortada ou de frutas cítricas. Quais fragrâncias em sua lista vocês mais associam com prazer sensual e erotismo?

2. Comparem as listas. Comecem suas experiências com os aromas eróticos sobre os quais estão de acordo (não é necessário que vocês tenham se lembrado dos mesmos aromas para estarem de acordo sobre eles, pode ser que seu parceiro tenha registrado um aroma que você não lembrou). Desde que o aroma seja aprazível para ambos, e fácil de ser reproduzido no quarto, a experiência pode ser realizada.

3. Procure os aromas. Talvez estejam disponíveis como óleos essenciais, para uso num queimador de aromaterapia (atualmente, a maioria está). No entanto, se for café, por exemplo, vocês podem adormecer com uma xícara de café fumegante ao lado da cama.

4. Durmam com o aroma preenchendo o ambiente. (Pode tentar uma massagem antes de dormir, usando um óleo com o mesmo aroma erótico ou diferente: friccione suavemente o óleo nas costas de seu companheiro fazendo movimentos amplos e impetuosos com as mãos.) Ao acordar, comparem seus sonhos. Será que o aroma funcionou? Continuem experimentando e comparando seus sonhos até encontrarem o aroma erótico perfeito.

O sonho virtual

Às vezes, há um problema que queremos discutir com nosso companheiro, mas não sabemos como; além disso, em nossos sonhos, nada parece facilitar o acesso ao assunto. Este capítulo pretende solucionar tal impasse, apresentando um repertório de "sonhos virtuais". Apresentamos cinco problemas comuns ligados a relacionamentos. Para cada um, há uma descrição sucinta sobre como poderá aparecer em sonhos reais. Depois, há um sonho virtual sobre o assunto em questão – um enredo equivalente, rico em simbolismo. Em vez de sonhar de verdade, é possível usar esse enredo como ponto de partida para trabalhar com os sonhos com seu parceiro, exatamente como você faria se o sonho fosse real. Propusemos algumas diretrizes para identificar os símbolos, além de sugestões de interpretação. Se você quiser, poderá estender a narrativa.

Naturalmente, não há nada que o impeça de incubar o enredo antes de dormir, para constatar se o inconsciente consegue que o sonho virtual faça sua aparição real durante o sono.

Triângulos amorosos

Embora nem sempre estejamos dispostos a admitir, chega o momento em todos os relacionamentos em que nos sentimos atraídos, talvez até seduzidos, por outra pessoa. É claro que agir impulsivamente pode trazer diversos problemas e prejudicar o relacionamento de modo irreparável. No entanto, às vezes, os pensamentos e sentimentos são suficientes para provocar culpa e mágoa, e mesmo as fantasias podem trazer o espectro da desconfiança. Para tornar as coisas piores, esse é o único assunto sobre o qual a maioria dos casais acha quase impossível falar.

Quando você se torna refém de sentimentos por outra pessoa que não seu companheiro, os sonhos refletem seu estado de espírito, fazendo-o sentir-se inseguro ou oprimido pela culpa. As emoções oníricas têm precedência sobre o que poderia ser uma barragem de simbolismo turbulento. Você talvez tenha sonhos de exposição ou ocultamento, de objetos quebrados ou enredos envolvendo desconfiança. Se sua consciência da vigília cede aos sentimentos ou se preocupa obsessivamente com eles, seus sonhos ecoam essas emoções com igual intensidade.

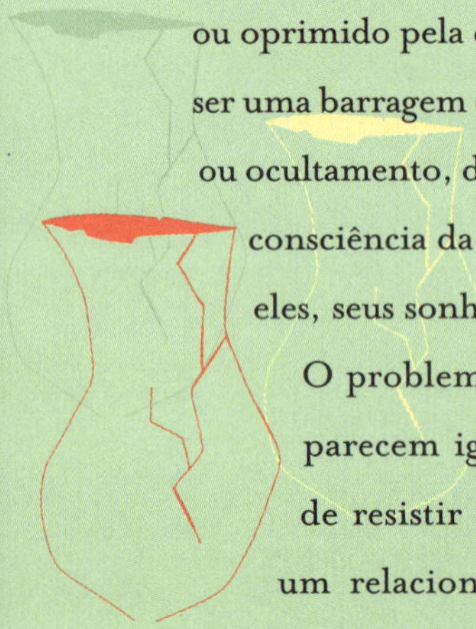

O problema envolvendo triângulos amorosos é que ambas as alternativas parecem igualmente indesejáveis. Por um lado, nos sentimos incapazes de resistir à tentação; por outro, tememos as conseqüências de romper um relacionamento estabelecido, ou de sermos apanhados se tentamos imprudentemente a traição. Em tal situação, pode ser útil solicitar a orientação dos sonhos. Antes de dormir, procure repetir a seguinte pergunta: "Como me sinto realmente a respeito do meu relacionamento?". Assim que seus sonhos o ajudarem a descobrir onde está verdadeiramente seu coração, você poderá enfrentar o dilema emocional durante a vigília com força renovada.

Um veleiro em mar revolto

O sonho virtual

Um veleiro navega em águas agitadas e é sacudido tão violentamente pelas ondas que está a pique de afundar. A tripulação está apavorada com a fúria da tempestade e espera que o comandante a salve dessa provação. No entanto, o comandante está confuso: ele nunca enfrentou uma situação tão dramática e está inseguro sobre o que fazer. Assustado e dominado pela culpa, ele se refugia em sua cabina, enquanto a tripulação bate à porta, pedindo orientação e um plano para salvar as vidas.

Os símbolos

O mar é considerado por Jung a imagem do inconsciente e também o símbolo freudiano da união sexual. A turbulência pode aludir às tensões dentro de seu relacionamento estável, a paixão que você sente por outra pessoa ou a culpa que essa paixão lhe provocou. O barco em apuros pode simbolizar a relação estabelecida, enquanto a tripulação pode representar um elemento interno (sua consciência) ou um elemento externo (pressão de outras pessoas).

As sugestões

O que essa tempestade significa para você? É excitante ou assustadora, ou uma mistura de ambas as coisas? Por que você, enquanto comandante, sente-se tão só? Por que se sente tão incapaz de tomar uma decisão? Acredita que o barco vai afundar se não agir com firmeza? Tem a sensação de um forte perigo imediato? Você se sente mais seguro na cabina do que no convés? Em caso afirmativo, por quê? Se você for um tripulante, o que gritaria? Abandonaria o barco ou enfrentaria a tempestade? Há barcos salva-vidas a bordo? Em caso afirmativo, eles estão em boas condições e você é capaz de alcançá-los? Se a tripulação abandonasse o barco, você a seguiria? Em caso afirmativo, como se sentiria com isso? Se tivesse de permanecer a bordo sozinho, como você se sentiria?

Achados e perdidos

Muitas vezes, nossa vida emocional é descrita a partir de uma busca – procuramos pelo parceiro certo, por amor e satisfação. Inversamente, podemos falar da perda de alguém próximo ou da perda do amor próprio. Não surpreende, então, que os sonhos usem imagens de descoberta e perda, muitas vezes no sentido literal, para espelhar os altos e baixos de nossas experiências emocionais.

Tesouros como diamantes, anéis, moedas de ouro e outros itens preciosos constituem um repertório resplandecente de símbolos de valor. Ao interpretar sonhos sobre amor e relacionamentos, a dificuldade reside em decidir onde repousa esse valor. Se sonhamos com uma jóia, será que ela é o ser amado disfarçado, a pessoa cujas brilhantes qualidades reconhecemos e requisitamos para iluminar nossa própria vida? Ou será que o significado é mais abstrato, uma metáfora relativa à verdade, virtude ou lealdade? Como sempre, ao trabalhar com os sonhos, precisamos encontrar um modo de julgar as leituras conflitantes. Ao interpretar a jóia literalmente como uma pedra preciosa, ou como símbolo de riqueza material, podemos, talvez, ter perdido um outro significado mais importante.

Não devemos assumir automaticamente que um objeto precioso que aparece no sonho seja de grande valor, pois a escala de valores do sonho difere da escala da vigília – a mente inconsciente, sábia e mágica como é, freqüentemente reconhece que o valor verdadeiro é outro. Igualmente, num sonho, a perda profunda, talvez até a própria perda da vida, pode, às vezes, significar uma separação relativamente banal ou um infortúnio secundário, ainda que as imagens oníricas possam assombrar a mente posteriormente durante a vigília.

O vaso e a pomba

O sonho virtual

Um homem e uma mulher discutem. O homem quer passar um mês viajando sozinho, um desejo antigo. Enquanto discutem, o homem recua e se choca contra uma mesa, fazendo um vaso chinês — uma herança pertencente à mulher — cair no chão e quebrar. O casal pára de discutir ao perceber um objeto arredondado no chão, rolando para longe das peças despedaçadas do vaso. O homem curva-se para apanhar o objeto. É um ovo. Enquanto ele o segura, o ovo choca, e uma pombinha emerge, abanando o rabo e procurando se aninhar em sua palma.

Os símbolos

O precioso vaso chinês pode representar o relacionamento do casal, que sofrerá se o homem viajar. No entanto, o fato de ele encontrar um ovo, que choca uma pombinha, é uma indicação de que o resultado será positivo. Se há o projeto de ter um filho, talvez o ovo se refira ao fato. Ou a pombinha (símbolo da paz) pode se referir à harmonia restaurada, o fim das desavenças. Contudo, se, na história bíblica do dilúvio, a pomba voa de volta com sinais de terra firme —, deve o homem viajar?

As sugestões

Se você tivesse esse sonho, o que o vaso representaria? Como se sentiria se o vaso se quebrasse? Por que você brigaria? Qual seria sua reação ao ver o ovo e o que ele representaria? Será que há alguma ligação entre o vaso quebrado e o ovo descoberto dentro dele? Será que essa viagem é uma metáfora referente a alguma outra aspiração? O que você pensa que significa a pomba? Como você se sente ao vê-la? Por que é tão pequena? Tem força para voar? Para onde a pomba voará quando desenvolver asas?

Vozes

Indiscutivelmente, a comunicação é o elemento mais importante num relacionamento. Os casais que se comunicam bem são capazes de superar os maiores obstáculos, enquanto os que não conseguem se comunicar podem se atrapalhar com os problemas mais simples. Mas mesmo nos relacionamentos saudáveis, a comunicação não é fácil. Requer atenção e cultivo constantes para evitar equívocos, leituras incorretas, conclusões apressadas e desatenção ao que o parceiro tenta dizer.

Quando vozes ou outras formas óbvias de diálogo aparecem num sonho, a interpretação torna-se relativamente fácil. Por exemplo, se você sonha com surdez, cegueira ou barreiras de língua – exemplos de comunicação imperfeita –, pode estar evitando falar ou expressar seus sentimentos ao companheiro, ou talvez sinta que ele está ignorando seus sentimentos. Em ambos os cenários, a solução é encontrar um meio sensível de reabrir os canais de comunicação entre vocês.

Os sonhos envolvendo formas de comunicação como telefones, cartas, correio eletrônico são comuns e refletem a importância desses dispositivos específicos durante a vigília. Indicam que há problemas de comunicação em seu relacionamento, mas para descobrir a causa você precisará mergulhar mais fundo no conteúdo e contexto de cada sonho. Os símbolos que incluem uma pessoa gritando ou falando sem parar e de modo ofensivo também são comuns, e freqüentemente significam, quase literalmente, que você não está escutando o que seu companheiro está tentando dizer. Nesse tipo de sonho, as vozes costumam aumentar cada vez mais seu volume até você se conscientizar de tudo que está evitando ou esquecendo.

Tagarelice, gestos e desenhos na areia

O sonho virtual

Você está numa ilha deserta. Inicialmente, pensa estar sozinho, mas, depois, descobre que há outra pessoa — um completo estranho, que utiliza uma língua ou formas de comunicação exóticas. O estranho tenta desesperadamente lhe comunicar alguma coisa, falando em voz alta e freneticamente, mas você não consegue entender sequer uma palavra do que ele diz, pois sua língua se baseia numa estrutura inteiramente diferente da sua. O estranho gesticula, desenha na areia e faz gestos, mas em vão.

Os símbolos

Freqüentemente, ilhas desertas significam isolamento, enquanto tentativas infrutíferas de diálogo simbolizam, obviamente, um problema de comunicação. Pense em quem o estranho representa: pode ser uma figura arquetípica, como o Malandro (um sabotador malévolo, cujas energias podem servir de corretivo) ou a Sombra (o lado sombrio do ego)? Pode ser o Sábio (a sabedoria acumulada da humanidade e o conhecimento que aspiramos)? Ou o estranho é simplesmente uma representação direta de seu companheiro?

As sugestões

Você é um morador da ilha ou um náufrago? Você se sente seguro ali? O estranho é uma figura amistosa ou uma possível ameaça? Ele é ambíguo? Quais são as características da língua do estranho? Essa língua é mais ou menos expressiva do que a sua? As sílabas são claras ou indistintas? Por que você acha que o estranho está tão ansioso para se comunicar com você? Por que acha que é tão difícil entender a linguagem de sinais do estranho? Que símbolos ele desenha no chão? Se você tivesse de adivinhar a mensagem que o estranho está tentando transmitir, qual seria?

Partida e reencontro

Apenas em alguns relacionamentos excepcionais o casal não enfrenta pequenos períodos de separação involuntária. Afirma-se que, em 29 anos de casamento, Paul e Linda McCartney nunca passaram uma só noite longe um do outro; se isso for verdade, trata-se de uma façanha surpreendente. Para a maioria dos casais, a realidade é que um dos parceiros precisa às vezes passar algum tempo longe de casa, talvez por questões de trabalho ou familiares, ou em busca de uma atividade independente de lazer.

No ambiente psicológico atual, em que se pretende a busca da satisfação por conta própria, não é de bom-tom admitir a ansiedade: um companheiro é quase um luxo emocional. No entanto, muitos casais lutam em silêncio para enfrentar as separações, especialmente se forem longas ou imprevisíveis. Nessas ocasiões, os sonhos ficam carregados pelo que sentimos de verdade – eles não são constrangidos pelas convenções sociais, que nos pressionam a ignorar o desassossego interior.

Num sonho, a partida pode indicar a necessidade de mudança para uma nova fase da vida. Se for você quem está embarcando numa viagem, pode ser que esteja num momento de transição do relacionamento, mas não necessariamente pronto para mudar, talvez esteja buscando um compromisso mais profundo. Os sonhos de partida também espelham o desejo de dedicar algum tempo a desenvolver seu próprio potencial.

Algumas vezes, podemos ter um sonho de reencontro como um *sonho de compensação*, uma tentativa do inconsciente de nos fazer sentir melhor sobre uma situação difícil na vida da vigília. Mas este sonho também pode ser um sinal de que sua relação agora voltou a ficar forte e saudável.

O trem da partida

O sonho virtual

Você está numa estação ferroviária com seu namorado que está indo viajar. Você lhe dá um beijo de despedida e observa quando ele se vira e desaparece na multidão que embarca no trem. À medida que o trem se afasta em baixa velocidade, vocês trocam acenos. Você fica sozinha na plataforma, enquanto o tumulto da estação prossegue ao seu redor. Você se dirige para a saída da estação, e descobre que há um grupo de pessoas esperando por você. Uma das pessoas segura um cartaz com algo escrito.

Os símbolos

De acordo com Freud, o trem é um símbolo sexual masculino, mas também representa falta de responsabilidade. A partida de seu namorado num trem pode simbolizar a sensação de que ele está fugindo dos compromissos. Também sugere uma separação temporária, que não precisa necessariamente ser física. O grupo de pessoas que espera por você na saída da estação pode refletir o fato de que não está realmente sozinha, pois tem uma boa estrutura de apoio de amigos e família ao seu redor; ou pode sugerir que há outras pessoas interessadas em você, esperando para tomar o lugar do seu companheiro. O cartaz pode transmitir uma mensagem especial, ser um modo de atrair sua atenção ou indicar que você foi escolhida de alguma maneira.

As sugestões

Como você se sente ao dar um beijo de despedida em seu namorado na estação? Para onde ele vai? Quanto tempo ele ficará fora? Quais são seus pensamentos quando o trem se afasta da estação? Como se sente agora que está sozinha na plataforma? Quem são as pessoas que esperam por você na porta da estação? São amistosas ou hostis? Você está surpresa de vê-los ou já esperava que estivessem ali? Quem é a pessoa segurando o cartaz? O que está escrito nele? Como você se sente quando percebe o significado do cartaz?

Passado e presente

Por razões difíceis de saber, alguns relacionamentos parecem amaldiçoados pelo tempo; e as alegrias do presente se contaminam por algo acontecido no passado. Freqüentemente, o problema diz respeito à sombra de um amor antigo que atormenta a relação. As coisas que aconteceram muito antes de você conhecer seu companheiro exercem um influência espectral e, às vezes, faz a relação parecer triangular. Como expulsar então esse intruso de sua vida e começar a respirar um ar mais puro?

Ao sentirmos a presença de uma ex-namorada de nosso companheiro no relacionamento, é difícil nos sentirmos seguros. Caímos na armadilha de nos comparar com o espectro da rival, e também de comparar a qualidade do amor do companheiro. Se isso acontece, a causa é freqüentemente nossa própria insegurança. Podemos até perguntar sobre a antiga chama, o que serve apenas para tornar as coisas piores.

Os sonhos de possessividade e entesouramento podem refletir esse ciúme retrospectivo. Podemos sonhar que mantemos o companheiro preso em casa, possivelmente até amarrado. Ou sonhar que ele está fora de alcance, talvez do outro lado de um precipício ou num outro prédio, vislumbrado apenas através da janela.

O sonho com uma pessoa que representa ameaça à sua felicidade não deve ser considerado uma confirmação dos seus temores. Talvez ele sugira que essa pessoa pode desempenhar um papel perfeitamente inofensivo em sua vida. Se ela se aproxima cada vez mais, pode ser interpretado como um gesto de confiança restabelecida ou de boas-vindas. Se o espírito do sonho for hostil, verifique se alguma coisa no cenário ou na ação contradiz essa sensação.

O aluno inteligente

O sonho virtual

Você está de volta à escola, sentado em sua antiga sala de aula, encarando o professor. Os melhores projetos pessoais dos alunos estão expostos nas paredes da sala de aula. Um aluno diante de você responde a todas as perguntas do professor. Quando uma pergunta lhe é feita, você tem um branco e irrompe em lágrimas; decide abandonar a classe e se levanta. Você vai até sua mochila, mas, ao tentar levantá-la, ela parece muito pesada. O sonho termina abruptamente, enquanto você procura levantar o peso.

Os símbolos

O professor pode representar o Sábio arquetípico, que significa tanto a sabedoria acumulada pela humanidade, como o supremo conhecimento a que aspiramos; ou o Herói: o eu interior despertado, que almeja o crescimento interior e busca a verdadeira compreensão. O professor pode ser mera representação de seu companheiro. A exposição dos melhores projetos dos alunos pode dizer respeito à ex-namorada de seu companheiro, e tentar pegar a mochila pode sugerir um desafio que você precisa enfrentar.

As sugestões

Que matéria está sendo ensinada? O que o professor pensa a seu respeito? Você gosta do aluno inteligente? Em caso positivo, por quê? O que você aprecia nele? Se não gosta dele, qual o motivo? Será que o aluno inteligente tem notas ruins em algumas matérias? Você tem notas melhores que ele em algumas matérias? Em caso positivo, em quais? Como se sente quando o professor elogia esse aluno? O que aconteceria se o aluno inteligente cometesse um erro? O que faria se ele o procurasse como amigo especial? O que o professor poderia ter perguntado a você? Por que você não conseguiu responder? Por que deseja deixar a classe? O que há dentro de sua mochila para deixá-la tão pesada?

Amigos, família e inimigos

Naturalmente, todo relacionamento importante na vida desperta, quer com familiares, amigos, colegas, quer com adversários ou mesmo conhecidos, é representado nos sonhos.

Este capítulo analisará como esses relacionamentos aparecem na vida onírica e os diversos problemas suscitados por cada tipo. Revelaremos a natureza do simbolismo familiar, e como isso se reflete no desenvolvimento psicológico desde a infância. Examinaremos como o sonho com amigos enfatiza a necessidade de ligação profunda com os outros, lembrando que amizades confiáveis e confortadoras, embora freqüentemente admitidas como certas, são raras e maravilhosas, e merecem estima. Ao duelarmos com um adversário pessoal ou profissional, os sonhos revelam os sentimentos e motivações reais, e também dizem-nos como melhor abordar e interagir mesmo com a mais difícil das pessoas. Os sonhos com conhecidos podem indicar que temos uma ligação com eles (ou com o que eles representam), maior do que conseguimos perceber conscientemente.

Amizades

Ao encontrar amigos nos sonhos, não ficamos surpresos. Às vezes, eles aparecem exatamente como são na realidade; outras vezes, estão alterados, surgem com formas estranhas ou dizem coisas nada típicas deles. Podemos sonhar com amizades do presente ou do passado, pois a mente inconsciente nunca esquece coisa alguma; não é incomum que um determinado amigo apareça diversas vezes, mesmo se perdemos contato com ele há muito tempo.

Há diferenças no modo pelo qual se manifestam sonhos masculinos e femininos de amizade. Entre as mulheres, a amizade tende a ser aberta, comunicativa e fisicamente expressiva, e isso pode produzir sonhos que são quase conversas com uma confidente. Ao contrário, os sonhos masculinos de amizade tendem a ser latentes, menos expressivos e, às vezes, enigmáticos.

Freqüentemente, a mente sonhadora trata uma amizade como se fosse mais emocional do que costuma ser em sua manifestação durante a vigília. O valor desses sonhos é que eles podem abrir a mente para a importância de um determinado amigo em nossa vida. Por que não contar para seu amigo sobre o sonho em que ele apareceu, sem tentativa alguma de interpretação? Isso pode corrigir saudavelmente a tendência, especialmente entre homens, de ocultar os sentimentos. Depois que o sonho é partilhado, é como se os sentimentos ocultos entre o sonhador e o amigo se revelassem, sem causar embaraços. No entanto, a opção de interpretação ainda continua aberta para o ouvinte, e o relato do sonho cria uma ponte intrigante para a qual as duas partes podem, a qualquer momento, decidir voltar.

EXERCÍCIO 19

O animal mágico

Em momentos de crise emocional, tendemos a depender muito das amizades. Por que não convidar seu melhor amigo a aparecer em seus sonhos e conduzi-lo pelas aventuras oníricas que espera ter? Para que isso aconteça de modo efetivo, identifique o amigo com um animal que represente suas características positivas, e incube sonhos da criatura escolhida.

1. Identifique seu amigo com o animal que você acha que melhor representa suas qualidades. Por exemplo, você pode escolher um antílope (velocidade de raciocínio ou ação), uma coruja (sabedoria) ou um cavalo (lealdade e inteligência).

2. Toda noite, antes de dormir, medite sobre o animal escolhido, imbuindo-o mentalmente com o espírito de seu amigo.

3. Agora, imagine-se entrando no mundo dos sonhos com seu companheiro animal ao lado – se escolheu um cavalo, pode montá-lo.

4. De manhã, retorne aos sonhos, procurando associações com seu animal-amigo (ou apenas o animal). Assim, se seu companheiro onírico for um antílope, qualquer movimento rápido ou inesperado, ou gesto gracioso, poderá ser um símbolo de sua presença.

5. Ao interpretar, considere esse aspecto, ou a parte do sonho em que isso ocorreu, como um oráculo codificado, que oferece sabedoria e conselho. Com a prática, você poderá começar a sonhar diretamente com a criatura e, conseqüentemente, também poderá desenvolver uma ligação mais estreita com seu amigo na vida em vigília.

A família

Muito mais do que um grupo de pessoas que dividem um código genético comum, a família é a sala de aula em que se formam as atitudes sobre os relacionamentos. No seio da família, aprendemos as habilidades sociais e comunicativas, o controle interpessoal e, é claro, a ter intimidade. Durante os primeiros anos, aqueles mais formativos, a família constitui todo o universo. Para o bem ou para o mal, ficamos marcados pelo conjunto familiar único de regras ditas e não-ditas – o projeto de comportamento de toda a vida.

Além de sala de aula, a família também é um caldeirão em que sentimentos fortes e, muitas vezes, complexos, relativos à dinâmica dos vínculos de sangue e de dependência são trabalhados durante anos. Os problemas da infância podem ficar adormecidos por décadas e irromper subitamente. As dificuldades emocionais e de comunicação retrocedem e avançam conforme as circunstâncias mudem lenta ou repentinamente.

Nas famílias, fala-se tanto pouco quanto muito. Quando a cortesia usual se enfraquece sob a pressão do sentimento, criticamos em voz alta e demoradamente; no entanto, o constrangimento pode nos impedir de dizer "eu te amo", mesmo quando seja precisamente isso que sentimos. As rivalidades fraternais e as tensões entre pais e filhos podem causar dificuldades que, se não resolvidas, ocasionam o colapso da comunicação; em casos extremos, encontramos filhos "se divorciando" dos pais, e irmãos e irmãs se recusando a falar entre si.

Se os problemas familiares incomodam a vida da vigília, os sonhos podem nos levar de volta à infância, quando jogar bola no quintal ou molhar um ao outro

Quem é quem nos sonhos?

Um estudo recente de 400 sonhos (200 masculinos e 200 femininos) revelou que, em geral, sonhamos mais sobre amigos e estranhos do que sobre a própria família. Por quê? Será que é porque sentimos que os assuntos familiares são menos prementes em nossa vida do que os associados a conflitos mais recentes? Ou porque os membros da família aparecem mais freqüentemente nos sonhos do que supomos ou conseguimos lembrar? Será que, de fato, suas aparições são tão comuns, que os sonhos, de algum modo, deixam de mencioná-las ao eu da vigília? Nossos parentes exercem influência sem estarem corporificados, ou será que eles aparecem disfarçados?

Vale a pena lembrar que os sonhos não representam a realidade – em vez disso, utilizam símbolos para alertar sobre aspectos da vida da vigília que exigem atenção. Assim, não é incomum na vida onírica um estranho exibir traços característicos de nosso irmão, ou o companheiro assumir aspectos da nossa personalidade. No entanto, às vezes, membros da família aparecem como eles mesmos. Quando isso acontece, é porque o inconsciente escolheu essa forma como melhor meio de chamar a atenção para determinado ponto.

PORCENTAGEM DE OCORRÊNCIAS DE SÍMBOLOS FAMILIARES

EM SONHOS MASCULINOS		*EM SONHOS FEMININOS*
10%	*Mãe/pai*	*10%*
2%	*Irmã/irmão*	*19%*
–	*Filha/filho*	*4%*
8%	*Companheiro(a)/esposo(a)*	*10%*
4%	*Outro membro da família*	*12%*
42%	*Amigo/estranho*	*33%*
6%	*Celebridade feminina/masculina*	*2%*
28%	*A própria pessoa/ninguém*	*10%*

com a mangueira do jardim eram os símbolos inocentes da vida familiar. Esses sonhos proporcionam uma lembrança corretiva da criação, das brincadeiras e da harmonia familiar. No entanto, símbolos oníricos mais sombrios também podem emergir: de violência (não incomuns em sonhos com irmãos), de atividades sexuais dos pais e de intimidades que consideramos bizarras. Não devemos ficar muito preocupados se os limites do decoro forem ultrapassados. De algum modo, os sentimentos que nunca mostramos devem ser extravasados e, se os sonhos são perturbadores, podem ser reflexo da estreiteza do escape e não da premência de seu conteúdo.

Ao trabalhar com os sonhos, é importante lembrar que os membros da família podem substituir outros temas – por exemplo, se sonhamos que nosso filho se separa de nós, isso pode espelhar a renúncia a um ideal ou o fracasso de alguma ambição pessoal. De modo contrário, os pais são capazes de assumir outras formas: um estranho que fala muito e de modo ofensivo, pode representar, de modo exagerado, a faceta presunçosa e carente de atenção do caráter do nosso pai; uma estranha exageradamente amistosa ou intrometida pode indicar o traço protetor de nossa mãe ou sua tendência de interferir em nossa vida. É claro que os aspectos positivos do relacionamento familiar também aparecerão nos sonhos. Se na vida da vigília nos sentimos distanciados de nossa irmã, pois não temos notícias suas há algum tempo, os sonhos (literal ou metaforicamente) serão capazes de nos assegurar de que ela continua nos amando e pensando em nós, mesmo em seu silêncio – podemos sonhar que ela vem nos visitar inesperadamente, carregada de bolos e outras iguarias deliciosas, ou que uma pessoa desconhecida nos entrega uma flor como símbolo do amor de nossa irmã.

O arquétipo materno

Entre os arquétipos junguianos (consultar p. 16), inclui-se a Grande Mãe. Ela é definida pelas qualidades de proteção amorosa, beleza espiritual e pureza (associadas à Virgem Maria). Ela também tem um lado sombrio: a ciumenta e manipuladora madrasta má das lendas populares.

Procure a Grande Mãe em seus sonhos. Ela não precisa aparecer necessariamente na forma de sua mãe real, mas pode ser qualquer figura feminina. Analise todos os encontros que seu eu onírico tem com essa mulher — o que eles lhe dizem sobre o relacionamento com sua própria mãe? Se, por exemplo, aparecer uma cega, você poderá sentir que sua mãe é incapaz de aceitar sua independência ou vida adulta. Se encontrar uma mulher cuidando de um bebê, talvez seu sonho esteja tentando dizer que sua mãe ainda cuida de você.

O trabalho com os sonhos em família pode ser um modo muito efetivo de trazer à luz questões há muito existentes e encaminhá-las para uma solução. O aprendizado conjunto sobre o simbolismo dos sonhos pode ajudá-lo a abrir sua percepção e aceitar como válidos os pontos de vista dos outros. No início de um encontro familiar, descreva um sonho para introduzir novas perspectivas na discussão e estimular a todos, imaginativa e criativamente, sobre todos os problemas que você encara sozinho na vida da vigília. Se pudermos transportar as habilidades relativas à interpretação dos sonhos para as discussões sobre questões da vida real (mesmo aquelas tão terrenas quanto a do supermercado semanal), os debates familiares não-construtivos poderão se tornar menos freqüentes e, talvez, cessem por completo.

A esposa do policial

Estudo de caso

A morte de um parente pode nos afetar por mais tempo do que podemos perceber conscientemente, misturando-se confusamente com outras situações emocionais. Este estudo de caso mostra como o trabalho com os sonhos ajuda a esclarecer a prolongada dor provocada por uma perda.

Recém-casada, Maria quebrara sua promessa de jamais se apaixonar por um policial. Ela conhecia muito bem os perigos do trabalho do marido, pois o pai, que fora policial durante trinta anos, morrera no cumprimento do dever. Mas o amor por Luiz finalmente triunfou sobre as restrições de Maria. Infelizmente, a sua ansiedade logo se manifestou na vida conjugal, e ela começou a viver períodos de pânico, temendo que o marido, como o pai, um dia não voltasse do trabalho. Os primeiros sonhos foram violentos: o marido sempre acabava encurralado na mesma casa arruinada, sem meios de escapar; diversos bandidos o cercavam e o matavam a tiros.

Luiz compreendia os temores de Maria e assegurava-lhe que isso nunca aconteceria. No entanto, os sonhos continuaram, às vezes todas as noites. Ela decidiu trabalhar com os sonhos para enfrentar seus medos; queria descobrir se representavam uma preocupação legítima em relação à segurança de seu marido ou se eram emoções ainda não resolvidas relacionadas com a morte do pai. Maria também almejava controlar o conteúdo de seus sonhos – será que poderia modificar o desfecho, que o policial sobrevivesse?

Ela passou a formular a questão crucial ao seu inconsciente. Enquanto pegava no sono, murmurava: "Mostre-me a verdade das minhas emoções". Ela também pensava em seu pai, com a perspectiva de tirar seus sonhos do caminho previsível.

Então, seus sonhos começaram a mudar – as imagens fundiam-se, às vezes representando o marido, às vezes o pai. O espírito dos sonhos também começou a mudar: o policial ainda era morto, embora houvesse a sensação de que, talvez, existisse um meio de escapar da casa da morte.

Trabalhando mais intensamente nos meses seguintes, os sonhos de Maria transformaram-se ainda mais. Ela começou a sonhar que o policial usava um colete que o protegia das balas dos criminosos. Ele poderia agora revidar e afugentar os possíveis assassinos, e escapar por um alçapão no chão.

Ao longo do tempo, os sonhos recorrentes de Maria tornaram-se menos freqüentes e, se ocorriam, o resultado era mais positivo. Gradualmente, ela foi capaz de aceitar o trabalho do marido, e também passou a sofrer menos e enfrentar melhor a morte do pai. Embora Maria continuasse precisando que Luiz a apoiasse e lhe desse segurança constante, o pânico lentamente desapareceu, assim como a ansiedade.

No local de trabalho

O local de trabalho gera alguns dos relacionamentos mais desafiadores. Fora da família, é o único lugar em que somos obrigados a interagir estreitamente com os outros devido às circunstâncias e não por opção. No trabalho, os inevitáveis conflitos que emergem são muitas vezes postos de lado, como política administrativa, o que é um leve consolo, pois devemos encontrar uma maneira de conviver com os colegas e trabalhar efetivamente com eles durante oito horas, quase todos os dias, ao longo dos anos.

A competitividade inerente relativa ao local de trabalho (mais obviamente expressa na luta pelas promoções) é prontamente traduzida em termos oníricos. Quanto mais ambiciosos formos, maior a probabilidade de sonharmos com as pessoas que percebemos estar manobrando para conquistar uma posição. Nessas ocasiões, os sonhos provavelmente retratarão símbolos de conflito, e possuirão uma urgência combativa que lembrará as disputas da infância com irmãos ou irmãs. Nos sonhos sobre o local de trabalho, o ressentimento também é um tema constante, principalmente se não conseguimos receber a recompensa esperada. Assim, o único remédio pode ser expressar a frustração por meio da recompensa onírica, que é mais saudável do que refrear tais emoções ou representá-las na vida da vigília. A inveja competitiva também pode aparecer num sonho, mas devemos interpretar essa emoção levando em consideração a vida amorosa e não a vida profissional – erro que pode arruinar uma parceria se não corrigido prontamente.

Os relacionamentos que temos com os superiores representam um desafio delicado. As interações são um misto da dinâmica entre pai e filho e entre iguais,

A donzela com armadura

O assédio sexual no ambiente de trabalho pode ser sutil e algo difícil de se lidar, mas, ao utilizar o poder onírico, é possível se defender sem a necessidade de fazer uma queixa formal contra alguém.

Comece incubando sonhos para se livrar do mal (uma trabalhadora sonhou a respeito de um líquido brilhante, que vazava pelos seus poros para cobri-la e protegê-la, assim como para repelir o possível assediador).

Procure estimular sonhos de força e proteção pessoal. A confiança proporcionada pelos sonhos o ajudará a projetar uma aura para repelir o assediador, de modo que ele já não achará você tão desejável. Embora isso possa parecer um defesa insatisfatória, o assédio sexual, freqüentemente, está mais ligado a jogos psicológicos de poder do que a desejo sexual.

e, embora possamos desenvolver uma amizade com nosso chefe, essas interações são regidas por um complexo conjunto de regras. Os sonhos podem proporcionar um *insight* da real dinâmica de tal relacionamento, desvendando o labirinto do protocolo, de modo que tomemos consciência do que realmente acontece.

O local de trabalho é um ambiente cultural, que normalmente não se presta a discussão alguma sobre sonhos ou outras referências ao mundo do inconsciente: metas de venda, análise de custos e bônus de produtividade não combinam com revelações de vulnerabilidade. No entanto, pode ser eficaz e salutar se referir a um sonho em circunstâncias inesperadas como numa reunião de equipe. Isso poderá acrescentar uma nova dimensão criativa à discussão e estimular a equipe de trabalho a pensar com mais imaginação e de modo mais produtivo.

Sonhando com o inimigo

Não seria realista imaginar que vivemos entre pessoas que são, sem exceção, inteiramente benevolentes conosco. De vez em quando, nas interações cotidianas, encontraremos, quase inevitavelmente, pessoas com personalidades, espíritos ou costumes que não combinam conosco, fazendo-nos sentir que fomos maltratados ou que nos comportamos de modo pouco amistoso. No entanto, guardar ressentimentos não leva a nada, e precisamos encontrar um meio de retomar o contato com a parte desafeiçoada.

Como aprender, pelos sonhos, a fazer as pazes e curar as feridas nos relacionamentos duradouros, a transformar inimigos em amigos e encontros hostis em amistosos? Sempre condutores da verdade, os sonhos advertem-nos quando não somos razoáveis, ou quando os outros estão se comportando de modo insensato conosco. Entretanto, em vez de simplesmente reconhecer as advertências oníricas, é preferível que elas se transformem em desejo de libertação. Considere esses sonhos como comédias, imitando e zombando da natureza ridícula das disputas mesquinhas e da raiva provocada por elas. Mesmo se um determinado sonho contém apenas elementos sérios, tente imaginá-lo como uma comédia. Esse processo não o ajudará a avaliar a realidade da situação com um olhar mais benévolo, mas vai estimulá-lo a se manter distante das emoções negativas, apressando a solução do conflito.

Outra técnica envolve imaginar-se intervindo no sonho como mediador. Como você solucionaria a disputa? Lembre-se de que nos sonhos não há solução que esteja fora de alcance. Permita que tais *insights* sejam absorvidos pela consciência – expandir a imaginação significa aproximar-se da reconciliação.

EXERCÍCIO 20

Partilhar a casa nos sonhos

Podemos ser capazes de neutralizar a hostilidade imaginando um aspecto da vida do outro que, geralmente, não enxergamos. Se visualizarmos a casa partilhada antes de dormir, ela poderá entrar nos sonhos, reforçando inconscientemente a mensagem de que todas as pessoas merecem respeito e compreensão, por mais que as atitudes. personalidade, ou opiniões sejam diferentes das nossas.

1. Visualize uma casa grande, onde você vive; os aposentos que usa e seu quarto refletem sua personalidade, mas há também outros aposentos para hóspedes e visitas.

2. Imagine-se partilhando a casa com alguém com quem tenha um conflito não resolvido. A outra pessoa tem seu próprio aposento, mas também faz uso das áreas comuns.

3. Como seria um dia típico? Imagine coisas que a pessoa faria que poderiam incomodá-lo – talvez deixar a cozinha em desordem ou usar um perfume ou loção muito forte.

4. Imagine as coisas neutras que ele faz ou as coisas que vocês podem partilhar, como discutir as últimas notícias do telejornal ou arrumar o jardim juntos (imagine-se segurando o saco de lixo para as ervas daninhas etc.).

5. Desse modo, elabore um retrato misto da vida dessa pessoa, e medite sobre ele, avaliando-o mentalmente, apesar das coisas que o incomodam. É possível que o retrato imaginário da vida dessa pessoa em sua própria casa se infiltre nas imagens de seus sonhos e estimule sonhos que lançarão luzes sobre as dificuldades que você tem em relação a ela.

O oráculo do relacionamento

Ao longo deste livro, enfatizamos que as emoções oníricas, muito mais do que as ações ou cenários dos sonhos, são a chave para as mensagens do inconsciente. No entanto, os símbolos físicos ocupam um lugar importante na interpretação – e as emoções oníricas revelam o espírito ou atmosfera pelos quais podemos de modo mais acurado avaliar o simbolismo de um sonho.

O oráculo do relacionamento fornece uma lista alfabética de alguns dos símbolos-chave que aparecem nos sonhos. As definições sucintas preparam você para personalizar o significado de cada símbolo, expandindo-o, se necessário, e levando em conta sua própria vivência. Diversas questões relacionadas à manifestação de cada imagem em um sonho, e como isso pode se refletir nos relacionamentos da vida real, o ajudarão a sugerir interpretações. No fim, duas pessoas poderão atribuir significados diferentes para um mesmo símbolo. Tente manter a mente aberta a respeito das sugestões do oráculo: questione-as com o objetivo de extrair novos significados. Em breve, a linguagem singular do inconsciente começará a se manifestar com clareza e eloqüência.

O oráculo do relacionamento

Abandono *Perda, desapontamento. Você abandonou ou foi abandonado? Recentemente, uma pessoa próxima desapontou você? Em caso afirmativo, quem? Na infância, seu pai ou sua mãe o decepcionaram muito? Você sente que não se comprometeu plenamente em seu relacionamento atual?*

Alienígena *Isolamento, desconexão. Você enfrenta um aspecto desconhecido do seu relacionamento? Você ou seu companheiro mudaram de rumo, recentemente, sobre certo assunto ou na carreira profissional? Decisões importantes vierem à tona, como mudar de casa ou ter um filho?*

Animais selvagens *Paixão. Você pode identificar os animais que surgiram no sonho? Ou eles eram não só selvagens mas também imaginários? Como você se sentiu na sua presença: com medo ou tranqüilo? Que aspectos do seu caráter ou dos seus desejos eles representam? Na vida da vigília, você reprime seu desejo por alguém? Será que todas suas necessidades sexuais estão sendo satisfeitas por seu companheiro? Como se sentiu ao acordar: excitado, envergonhado ou nenhum dos dois?*

Arco-íris *Boas notícias, promessa, perdão. As cores do arco-íris eram como tinham de ser (vermelho, laranja, amarelo, verde, azul, azul-escuro, roxo)? Que emoções da vigília cada cor do seu arco-íris onírico representa? Qual era a cena no terreno sob o arco-íris? Qual era a cor do céu em torno do arco-íris? Você está com algum problema em algum de seus relacionamentos? De alguma maneira, você está irreconciliável? Se o arco-íris representa boas notícias, que notícias podem ser?*

Armadura *Capacidade de defesa. Será que você esconde seus reais sentimentos de alguém próximo? Você se sente particularmente inseguro sobre um determinado aspecto do relacionamento? Sente que está tomando um rumo que não gostaria de seguir — talvez no trabalho e não em casa?*

Ator *Consciência de si mesmo. Talvez você se concentre muito na aparência exterior (sua ou de seu companheiro), ou se preocupe muito com a opinião de seu companheiro quando toma decisões. Você sente que está sob escrutínio severo de alguém próximo? Você julgou alguém (com ou sem o conhecimento da pessoa)? Você e seu companheiro competem entre si?*

Aura *Insight, entendimento; ou proteção. Seu companheiro ou amigo íntimo precisa de sua ajuda? Que assuntos não resolvidos do relacionamento exigem que um de vocês seja mais perceptivo? Você se sente seguro em seu relacionamento mais importante?*

Barco *O curso do relacionamento. Em seu sonho, o barco navegava suavemente ou era balançado pelas ondas? Você sente que seu relacionamento segue o rumo certo ou enfrenta águas turbulentas? Você se sente no controle do relacionamento?*

Bolsa (ou carteira) *Se estava vazia, medo de perder o ser amado ou a segurança oferecida por um relacionamento. Se estava cheia, riqueza e conforto num relacionamento. De que cor era a bolsa ou carteira? Havia algo além de dinheiro? Se estava vazia, o que seu eu onírico esperava encontrar? Você sente, na realidade da vigília, que perdeu recentemente um amigo? Algum relacionamento se tornou ruim?*

Caçada *Conflito ou fuga; objetivos indefiníveis. Você foi a caça ou o caçador? Você caçava uma pessoa ou algo intangível? Que dificuldades você enfrenta no trabalho, em casa, ou com os amigos?*

Cachorro *Segurança, lealdade; ou carência de atenção, controle. Sente-se vulnerável ou desprotegido no relacionamento? A lealdade do cão representa, na vida real, o seu compromisso real ou de seu companheiro? O cachorro é comportado ou desobediente?*

Casamento *Certeza, companhia, trabalho conjunto. Era o seu casamento? Em caso negativo, de quem era? O noivo era seu companheiro? Você e seu companheiro estão superando com sucesso as dificuldades? Recentemente, vocês decidiram seguir um rumo comum que desde o início apresentou dificuldades? O quão seguro você se sente em seu relacionamento?*

Confusão *Tumulto, indecisão. Quem estava perdido na confusão? A pessoa era capaz de se livrar dela? A pessoa procurou ajuda para se*

safar? O que havia nos cantos? O que havia no meio e na saída? Na vida real, você e seu companheiro estão indecisos sobre algo?

Coração *Sustento, consolo, amor incondicional. No sonho, o coração apareceu simbólica ou literalmente; talvez como um vaso em forma de coração? Se apareceu literalmente, do que era feito? Durante a vigília, você se sente seguro em seu amor pelo companheiro e pela família? Se acabou de iniciar um novo relacionamento, o coração representa os sentimentos florescentes por seu novo parceiro? Ou é uma advertência de que você está indo rápido demais?*

Coroa *Superioridade, autoridade, controle. Você se identificou com esse símbolo? Ele lhe pareceu poderoso ou autoritário? Havia alguma sensação de desamparo associada a esse sonho? Você sente que controla seu relacionamento ou que é controlado? Há problemas específicos (não resolvidos) com figuras de autoridade no trabalho ou em casa?*

Corpo *Proteção e força interior. Em seu sonho, as imagens corporais eram fortes ou fracas? Na vida, você sente que tem uma rede saudável de apoio nos amigos? Quanto apoio você recebe do companheiro e ele de você? Como você manifesta seu apoio?*

Dentes *O lar; medo de perder o ser amado. Como os dentes foram representados em seu sonho? Os dentes frouxos ou quebrados eram seus? Ou você os achou em uma jarra ou outro recipiente? Havia um dentista envolvido? Você se sente inseguro em seus relacionamentos mais importantes? Você está preocupado com a saúde ou a felicidade de um ser amado?*

Edifício *Você, seu parceiro ou o relacionamento. Um prédio inteiro significa o relacionamento, e cada apartamento representa uma de suas muitas facetas. Que tipo de edifício apareceu no sonho? Como sua arquitetura reflete o relacionamento? Por exemplo, um armazém pode representar a conservação de antigas atitudes, já o castelo sugere esperanças e aspirações.*

Festa *Compensação, boas notícias; medo de avaliação, exposição; ou estar perdido na multidão. Qual era o espírito da festa no sonho? Você se divertia na multidão ou tentava escapar da agitação? Algum conhecido estava com você? Na vida real, você esconde algum segredo que teme expor, talvez associado a amigos ou ao trabalho? Sente que sua voz não é ouvida no relacionamento?*

Ilha *Isolamento, equívoco; ou desejo ilícito. O seu eu onírico se sentiu só ou aliviado de estar numa ilha? Você tentava encontrar alguém? Estava com alguém? Há algo que desejaria dizer a seu companheiro, mas não consegue encontrar as palavras? Você sente que ele o deixou para trás de algum modo? Se o isolamento é bem-vindo, sente-se preso pelas circunstâncias?*

Limpeza *Limpeza emocional. O que se limpava no sonho? Você sente a necessidade de se comunicar mais abertamente com seu companheiro? Há assuntos não resolvidos que precisam da sua atenção?*

Mãe *Sustento, beleza espiritual, pureza, a doadora da vida; ou distância, ciúme, manipulação. O sonho mostrou sua própria mãe ou uma representação arquetípica? Como ela se comportou em relação a você? O que ela vestia? Como seu eu onírico se sentiu a respeito da imagem? Como isso se compara ao seu sentimento real em relação à sua mãe?*

Mapa *Mudança, direção, traçar um rumo. No sonho, você seguiu o mapa? Aonde o mapa lhe dirigia? Se, durante a vigília, você fixou objetivos para o relacionamento, será que o mapa pode indicar o caminho até eles? Se foi difícil segui-lo, há um objetivo específico que se mostrou mais difícil do que inicialmente esperava? Que mudanças de rumo podem ajudar seu relacionamento?*

Montanha *Esperança, aspirações; tarefas atemorizantes. Como você se sentiu ao ver a montanha? Você estava no pé ou no topo da montanha, ou em algum lugar intermediário? Seu companheiro estava com você – ao seu lado ou em algum outro lugar da encosta? Se estava no topo ou quase, o que podia ver abaixo? Como você e seu companheiro decidiram melhorar o relacionamento? Será que a montanha, ou o posicionamento sobre ela, representa como vocês podem alcançar seus objetivos?*

Morte *Transformação (raramente a morte tem significado literal) Quem morreu no sonho? O eu onírico sentiu alívio ou angústia em relação à morte? Você e seu companheiro estão tentando resolver velhas diferenças e seguir adiante? Há questões a resolver relativas à direção do relacionamento? Como você enxerga o futuro do relacionamento? Se ponto de vista coincide com o do companheiro?*

Muro *Comunicação bloqueada; desejo de conservar a individualidade necessidade de segurança. O que há do outro lado do muro? O que há d seu lado? Há algum caminho através da barreira, como uma brecha ou uma ponte? Se tentar, você é capaz de escalar o muro? Estava feliz do seu lad do muro ou se sentia frustrado? Na vida da vigília, como pode se comunicar melhor com seu parceiro ou outras pessoas? Há alguém que você sente que não está escutando? Sente necessidade de ficar sozinho por algum tempo?*

Nudez *Exposição, vulnerabilidade. Quem estava nu no sonho? Você era o único que estava nu em meio a uma multidão de pessoas vestidas? Como se sentiu em relação à nudez? Você se cobriu ou tentou se esconder? Qual foi a reação dos outros personagens do sonho em relação a você? Durante a vigília, você deixou escapar algo que queria manter em segredo, talvez de um colega de trabalho ou de seu companheiro? Como essa indiscrição pode afetar o relacionamento com a parte interessada? Você se sente vulnerável às forças além de seu controle num relacionamento? Quais são suas inseguranças?*

Pai *Força, autoridade, proteção, solução de problemas; domínio, poder sexual, agressão. O pai de quem apareceu no sono? A figura se assemelhava ao seu próprio pai ou a alguém que você conhece? A figura era amável ou agressiva? Você sente que esse sonho representa o relacionamento com sua família ou com seu companheiro? Se com o companheiro, seu relacionamento apresenta problemas em relação à autoridade?*

Polícia *Autoridade, justiça, medo de ser punido; culpa, inferioridade. Que papel o policial desempenhou em seu sonho? Ele ameaçava ou ajudava? O que essa figura de autoridade pode estar lhe pedindo para avaliar na sua vida real? Você se comportou de modo incorreto recentemente ou alguém se comporta incorretamente em relação a você?*

Ponte *Amizade. Em seu sonho, você atravessou a ponte ou estacou em um lado? A ponte era resistente ou frágil? Há amizades que sente que precisam de atenção? Que passos você pode dar para cultivar esses relacionamentos? Você se sente ansioso sobre sua capacidade de fazer amigos?*

Presente *Desejos, necessidades, amizade. No sonho, você deu ou recebeu o presente? Se não foi você, quem foi a pessoa que o deu/recebeu? O presente foi dado com gentileza? Como estava embrulhado? Você sente a necessidade de dar um presente para pôr nos eixos um relacionamento? Se a pessoa que deu o presente era sua conhecida, mas não era da família nem do seu companheiro, possuía qualidades ocultas?*

Relógio de parede *Relacionamento amadurecido, sexualidade, urgência. Em relação a um determinado aspecto do relacionamento, você percebe que o tempo urge? Alguém o está pressionando a tomar uma decisão ou a fazer alguma coisa? Onde você posicionaria seu relacionamento atual se fosse um período da vida (por exemplo, infância, adolescência, entre os vinte e trinta anos, e assim por diante)?*

Relógio de pulso *O coração humano. Se estiver parado, sossego emocional e tranqüilidade; se estiver andando muito rápido, desarmonia emocional. No seu sonho, quem usava o relógio? Era o dono do relógio ou pertencia a uma outra pessoa? Era velho ou novo; digital ou analógico? Funcionava direito? Que horas marcava? O sonho poderia ser sobre você ou outra pessoa próxima? Como o sonho reflete sua saúde emocional ou da outra pessoa?*

Rupturas (ou quebras) *Mudança, atitudes transformadoras, conflito. O quão precioso era o item quebrado? Pode ser consertado ou não? O seu relacionamento amadureceu nos últimos meses? Alguém próximo lhe fez algo que o levasse a questionar essa amizade? Que aspectos do relacionamento você pode estar ignorando?*

Sino *Mensagens inconscientes; aviso de discussão iminente. Os sinos eram de mão ou de igreja? Que coisas você sabe que são verdadeiras, mas são deixadas de lado durante a vigília? Que assunto importante você e seu companheiro discutiram, mas não resolveram?*

Tempestade *Transição; ou raiva, discórdia. Você estava sozinho no sonho quando a tempestade irrompeu? Em caso negativo, quem estava com você? Estava dentro de algum lugar ou fora? Você se molhou? A tempestade fez seu eu onírico se sentir revigorado ou assustado? Na vida real, você e seu companheiro estão vivendo momentos difíceis ou passando por mudanças? Você sente raiva não-expressa contra algum de seus amigos ou colegas? Como o sonho pode lhe mostrar formas de se expressar de modo aceitável?*

Touro *Sexualidade, competição sexual ou tentação; obstinação. Como o touro apareceu no sonho — pastando tranqüilamente ou pronto para atacar? Como as ações (ou a inércia) refletem o ritmo de sua vida sexual? Seu companheiro permanece impassível sobre um assunto importante para você? Ou você está sendo obstinado?*

Viagem *Mudança, desenvolvimento; ou exploração. Suas emoções oníricas parecem geniais, ou perturbadas e infelizes? Você era o único viajante ou havia alguém perto? Qual era o meio de transporte? Que mudanças vêm ocorrendo em seus relacionamentos mais importantes? Você e seu companheiro precisam tomar uma decisão crucial? No momento, você tem manifestado com clareza seus pontos de vista sobre quaisquer problemas importantes que vêm afetando vocês?*

Bibliografia

Adler, A. *On the Interpretation of Dreams.* International Journal of Individual Psychology, 1936, 2, pp. 3-16.

Cooper, J. *Symbolism.* Wellingborough (Reino Unido), Aquarian Press, 1992.

Delaney, G. *Sexual Dreams.* Londres, Piatkus Books, 1994; e Nova York, Fawcett Books, 1994.

Fisher, B. *Rebuilding When Your Relationship Ends.* Londres, Impact Books, 1995; e San Luis Obispo (EUA), Impact Publishers, 1995.

Fontana, D. *Teach Yourself to Dream.* Londres, Duncan Baird Publishers, 1996; e São Francisco, Chronicle Books, 1998.

Freud, S. *The Interpretation of Dreams [A interpretação dos sonhos]*, Londres, Random House, 1994; e Nova York, Basic Books, 1953.

Garfield, P. *Creative Dreaming.* Nova York, Simon & Schuster, 1995.

Hall, C. *The Meaning of Dreams.* Nova York, McGraw-Hill, 1966.

Heyneman, N. *DreamScape.* Nova York, Simon & Schuster, 1996.

Hobson, A. J. *The Dreaming Brain.* Nova York, Basic Books, 1988.

Jung, C. G. *Man and His Symbols [O homem e seus símbolos].* Londres, Picador, 1978; e Nova York, Doubleday, 1964.

Jung, C. G. *Psychology of the Unconscious [Psicologia do inconsciente].* Londres, Routledge, 1992; e Nova York, Dodd, Mead & Co., 1963.

Langs, R. L. *The Daydream Workbook.* Brooklyn (EUA), Alliance Publishing, 1995.

Mann, A. T. *Elements of Reincarnation.* Shaftesbury (Reino Unido), Element Books, 1995.

Matthews, B. *The Herder Symbols Dictionary.* Wilmette (EUA), Chiron Publications, 1986.

Miller, A. *Banished Knowledge.* Londres, Virago Press, 1997; e Nova York, Doubleday, 1990.

Singer, J. e Pope, K. *The Power of Human Imagination.* Nova York, Plenum Press, 1978.

Van de Castle, R. *Our Dreaming Mind.* Nova York, Ballantine Books, 1994.

Vaughan, F. E. *Awakening Intuition.* Nova York, Doubleday, 1979.

Wallace, B. e Fisher, L. *Consciousness and Behavior.* Nova York, Allyn & Bacon, 1991.

Weiss, B. *Only Love is Real.* Londres, Piatkus Books, 1997; e Nova York, Warner Books, 1996.

Índice

Agradecimentos

Os editores agradecem aos seguintes artistas pela autorização do uso de seus trabalhos nesta obra, nas páginas assinaladas abaixo:

Sandie Turchyn
15, 17, 19, 21, 23, 27, 35, 41, 47, 49, 53, 55, 61, 63, 69, 73, 77, 79, 81, 83, 85, 87, 93, 97, 99, 101, 103, 105, 111, 113, 115, 117, 119, 122, 125

Heidi Younger
11, 13, 20, 25, 27, 29, 31, 33, 37, 38, 43, 45, 50, 57, 59, 65, 67, 71, 75, 89, 90, 95, 107,109, 121, 127, 128, 131, 133, 135, 137

Todos os esforços foram realizados para creditar corretamente os detentores dos direitos autorais. Pedimos desculpas por enganos eventuais, que nos comprometemos a retificar em futuras edições deste livro.